Il aimait tant ses collines …

Il aimait tant ses collines …

Tony DINAND

Saint Maximin la Sainte Baume
28 février 2020

© 2021, Tony DINAND
Édition : BoD – Books on Demand, 12/14 rond-point des Champs-Élysées, 75008 Paris
Impression : BoD – Books on Demand, Norderstedt, Allemagne
ISBN : 9782322388127
Dépôt légal : Novembre 2021

Par les soirs bleus d'été, j'irai dans les sentiers,
Picotés par les blés, fouler l'herbe menue :
Rêveur, j'en sentirai la fraîcheur à mes pieds,
Je laisserai le vent baigner ma tête nue.

Je ne parlerai pas, je ne penserai rien :
Mais l'amour infini me montera dans l'âme,
Et j'irai loin, bien loin, comme un bohémien,
Par la nature, heureux comme avec une femme.

Arthur Rimbaud
Mars 1870

Avant-propos

Comme à l'accoutumée j'étais dans mes rêves lorsque je cheminais le long de la grande masse rocheuse de la montagne, je ressentais les humeurs du temps et je profitais de mes instants de solitude. Tout à mes pensées je voyais au loin s'avancer une ombre humaine, un "Quelqu'un" qui semblait avoir coutume de voyager au sein de la garrigue, qui marchait certainement souvent au milieu des cailloux. Le dos légèrement courbé il semblait avancer sous le poids des ans, son pas lourd accompagné du bruit de la canne qui l'aidait, n'avait que faire du bruit qu'il dispensait autour de lui, pourtant il semblait attentif, posant un pied sûr dans ces chemins rabotés par les pluies et les vents. Le croisant dans une pente un peu raide, nous nous sommes arrêtés, échangeant un salut chaleureux un peu comme une poignée de main amicale. Nous avons pris langue pour d'abord échanger sur le temps, la saison, la beauté de l'instant, comme si nous nous étions toujours rencontrés ici. Il était grand, plus grand que moi, il avait le verbe haut et le mot rieur. Reprenant nos esprits après cette hasardeuse rencontre, nous décidâmes de faire un bout de chemin ensemble, sur un de ces sentiers qui montaient au Garagaï. Je crois que c'est depuis ce jour que nous nous sommes liés d'une amitié au milieu de cette nature qui nous rapprochait. Je lui contais mes découvertes, il me parlait de sa vie des collines et des monts, je lui disais mon amour de la nature, il me chantait ses peines et ses joies dans des mots aux accents du sud, plein d'une sagesse ancestrale, plein d'un bon sens réconfortant. Fort de cette rencontre, nous nous sommes promis de revenir sur ces chemins pour partager quelques instants d'un bonheur intime et inattendu, et prendre des nouvelles du monde. C'est cette histoire que je veux vous conter au fil des pages à venir, celle d'une amitié sincère et durable, celle qui nous fait aimer ce monde, et je vous présenterai un peu chaque fois qui il est, ses coups de cœur, sa truculence et sa joie de vivre, ses cheminements dans la nature et son respect pour la vie. Je vous parlerai de nos échanges et de nos impressions communes, et je vous dirai surtout qu'il est un personnage haut en couleur, même si cela n'a aucune importance à ses yeux.

Le solitaire attachant ...

Après cette première rencontre, je rentrais sans réfléchir, sous le coup de la surprise de cette promenade accompagnée, sans savoir qui il était. J'étais pourtant subjugué par la présence du personnage, son parlé franc et son désir de dire. Il était communicatif, il partageait volontiers son monde et semblait n'être pas le dernier à engager une conversation sur n'importe quel thème, pourvu que ce ne soit offensant pour personne. On sentait qu'il avait l'habitude du contact et du partage, pour autant il ne s'étendait pas encore trop sur sa vie personnelle, et je devrais très certainement patienter pour qu'il accepte de m'en dire plus. Aujourd'hui, il avait comme les derniers jours sans doute, gardé la même tenue campagnarde avec son gros pantalon de velours côtelé vert kaki foncé, il laissait sa veste chaude légèrement ouverte sur un pull marron plein de bouloches. Il se fichait de tout ce qu'on aurait pu lui dire, il était là pour savourer quelques instants de paix. Nous nous étions retrouvés à mi-chemin sur le sentier bas en face de la marbrière et nous regardions le soleil se lever au-dessus des cimes du côté du Pic des Mouches. Dans le silence du matin, il me disait qu'il y était monté souvent par le passé avec ses amis aujourd'hui disparus, et il ne regrettait plus de ne plus y aller. Cette promenade était devenue pour lui trop harassante et il n'aspirait plus à vaincre les pentes raides et les hauteurs du haut desquelles on ne voit rien d'autre qu'un pays d'Aix tout en surfaces aplaties. Je sentais dans ses paroles comme un regret, mais aussi une vérité. Il avait au fil des ans acquis une sagesse tranquille et savait, comme je l'avais constaté maintes fois, que la montagne était beaucoup plus impressionnante et belle vue de sa face Sud. Ceux qui aiment la Sainte Victoire ne pourront me contredire, la beauté du site se voyait d'en bas, parfois de loin, mais tout se passait de ce côté-là, face Sud. Il me dévisageait tranquillement de son regard gris, l'air de me dire que c'était comme une évidence, que sur les sommets des roches grises, il n'y avait plus rien à découvrir, les oiseaux volaient en dessous, sauf les aigles de Bonnelli qui tournoyaient au-dessus à la belle saison. Et puis les plantes avaient laissé la place à la roche délavée, les odeurs avaient disparu, il n'y restait plus que le vent ...

Présentations impromptues ...

Nous n'avions convenu d'aucun rendez-vous sur les chemins de traverse, mais nous savions intuitivement que nous retrouverions des endroits pour nous y rencontrer et faire un brin de conversation. La nature vivait à son rythme et je pensais que j'avais peu de temps pour vraiment la voir changer, donc j'y retournais le plus souvent possible, et je ne devais pas être le seul à penser la même chose.

Dans l'après-midi, j'étais assis sur le bord d'une pierre renversée, et je sentais sous mes mains sa surface rugueuse et fraîche. Plus bas sous la couverture des buissons des chênes verts, un bruit insolite attirait mon attention, j'entendais le tac-tac d'une canne qui frappe le sol à un rythme régulier. Je me levais tranquillement, j'attendais que le bruit se rapproche, et comme je pouvais un peu m'y attendre je reconnaissais les cheveux gris cendré de ce promeneur, qui devenait pour moi déjà un peu familier. Je descendais quelques centaines de mètres dans sa direction, il clopinait lentement mais sûrement tout en regardant autour de lui, observant tout ce qui pouvait bouger ou frémir. M'étant rapproché assez rapidement de lui, je le surprenais et le sortais de son état méditatif, avec un sourire malicieux il me tendait la main pour un salut chaleureux.

- Bonjour ! quel temps agréable aujourd'hui, dit-il sur un ton enjoué.

- Ah oui, bonjour … j'étais un peu sur l'attente n'osant encore trop en dire, ne connaissant pas ses réactions, je préférais rester en mode évasif mais plein d'empathie, comme si je n'avais pas été surpris.

Il avait l'air heureux, comme transcendé dans cette lumière presque blanche qui venait à contre-jour. Il posait tranquillement par terre sa canne, déboutonnait sa veste épaisse, et prenant une longue respiration me dit sans autre forme …

- J'avais oublié de vous dire je m'appelle Emilio, il vaut mieux que vous le sachiez, on va sûrement se rencontrer à nouveau … non !!!

- Avec plaisir, et moi c'est Tony, content de faire votre connaissance …

Et c'est ainsi, de mémoire, qu'après de très courtes présentations, nous entamions une longue période de partages de nos passions respectives sur les chemins de la montagne, marchant de temps en temps ensemble, parfois nous croisant sur le même sentier, nous donnant rendez-vous d'autres fois pour un autre jour, si le temps devait nous le permettre. Nous savions de toutes les façons que la montagne nous appelait tous les deux, et que nous y trouvions de grandes satisfactions et des moments de liberté intense. Nous avions chacun à notre façon le sentiment de refaire un peu le monde, en nous disant ce qui nous avait le plus impressionné ces derniers jours, en regardant la nature évoluer lentement, tout en nous laissant vieillir toujours trop rapidement, à notre goût, nous étions alors mentalement deux jeunes hommes prêts à galoper comme des gamins pour retrouver les sensations de nos endroits merveilleux. J'admirais sa façon de percevoir ce que la nature lui apportait et ce qu'il pouvait me transmettre, j'étais comme un enfant intéressé qui écoutait son « Papé » lui dire ses collines, l'odeur du temps, la vie dans les monts et tout le bonheur qui pouvait en ressortir, qu'il fallait regarder comme un vrai trésor parce que demain il ne serait peut-être plus là pour le raconter. Et des histoires nous en avions plein à nous partager tant les collines et les monts pouvaient nous donner à observer, aimer, tout au long des saisons et suivant les caprices du temps.

Les sangliers du matin ...

À peine nous étions nous retrouvés, je le sentais débordant d'envie de raconter sa dernière aventure. Les yeux pleins de mille étoiles, il ouvrait à peine la bouche et marmonnait en hâte, avec un léger accent de ce sud qui chante, pour me raconter sa rencontre fortuite avec un gros sanglier, sa laie et six marcassins. Il me disait s'être longtemps arrêté, attendant que toute la petite troupe traverse son chemin qu'il avait pris par le bas de la Sainte Victoire depuis la ferme de Saint Ser. Avec force geste, il me montrait comment il s'était immobilisé derrière le tronc d'un grand pin, mimant ses propres silences et sa totale immobilité, regardant le passage de la troupe, tel un petit régiment de fantassins tout de noir vêtu, et combien il avait craint d'être surpris tant il savait les dangers encourus lorsque ces animaux se sentaient menacés. J'en riais tout haut, tellement il avait une allure d'acteur maladroit mais convaincant, il se déhanchait, reprenait une position d'affût derrière un tronc, comme s'il y était encore. Tout à sa conversation imagée, il venait de faire tomber sa canne en bois de vieux noisetier, sculptée à la va-vite par une main non-experte, mais adoucie par toutes ces années passées qui usent et polissent les formes. Était-ce lui qui l'avait sculptée, lui avait-on donnée, cela faisait-il longtemps, je lui demanderai un jour par simple curiosité car elle faisait intimement partie du personnage. C'était une canne paysanne, torse, faite pour durer, légère et rigide, usée, fabriquée juste à la bonne longueur pour qu'il puisse bien se tenir debout, et garder le bon équilibre. Dans la main, le pommeau sculpté maladroitement d'une tête d'oiseau servait admirablement la tenue de l'objet. Elle en avait vu des sentiers, elle avait griffé tant de terres et de cailloux qu'elle était polie et lisse comme la paume de ses mains tordues par les ans. De couleur foncée elle avait traversé les ans, se rayant et se tâchant à toutes les boues rouges venues de là-haut et aux gouttes de sueurs des longs étés chauds, comme des temps plus humides et froids d'octobre à Mars. Elle était son unique emblème, et il y tenait comme à la prunelle de ses yeux, disait-il souvent, elle l'accompagnait partout, elle lui servait de guide dans ses promenades en solitaire. Il la ramassait dans un mouvement d'une grande douceur, ample avec une lenteur qui trahissait celui qui a vécu, ses gestes mesurés faisaient penser aux douleurs qui ralentissent le corps, aux peines et aux joies cumulées, je sentais qu'il continuait à espérer en économisant ses forces et son temps. Sous ses cheveux longs légèrement ondulés, mal coiffés par une main peu soucieuse de l'aspect physique, le gris de l'âge avait pris place, et composait sur son visage tanné par les vents, une marque de respect. Le nez aquilin portait une vieille paire de lunettes cerclées aux branches fines et argentées, penchées sur la gauche, il me regardait avec un sourire de bienveillance et nous continuions notre chemin de concert.

Paysages ...

Vous venez souvent ici ? me disait-il tout d'un coup ... il arrêtait sa question aussi brutalement qu'elle lui était venue, attendant ma réponse ...

- Oui presque deux fois par semaine, quel que soit le temps, je lui répondais aussitôt presque gêné de sentir que j'étais un peu chez lui, dans son univers personnel …

- Ah, je comprends mieux pourquoi … il s'arrêtait quelques secondes pour reprendre son souffle … maintenant que je vous vois avec votre boîte à chasser les images.

Je restais un peu suspendu dans l'air du moment, sans répondre du tac-au-tac, tellement sa réponse était curieuse dans cette forme à laquelle je ne m'attendais pas, pleine de bon sens et d'humour. Tellement drôle à la fois dans cette façon un peu moqueuse, de me dire qu'il se doutait de ce que je faisais si souvent ici, comme s'il m'observait faire depuis très longtemps. Il reprenait …

- Vous savez, j'aime bien les gens qui regardent et qui apprécient, si vous le voulez je vous expliquerai mes petits endroits préférés et comment je la vois ma montagne, où je vis tous les jours, et tous les changements qui apparaissent au gré des saisons, c'est presque magique … j'habite juste en dessous à la ferme Suberoque sur le Cengle, et depuis longtemps je passe mon bon temps à courir les chemins, pour éviter l'ennui, depuis que je ne travaille plus, en plus j'aime bien regarder les oiseaux, ils sont beaux et si fragiles …

- Eh bien, merci pour cette bonne surprise, lui répondis-je, ça me fait vraiment plaisir de vous accompagner, et découvrir tout ce que je ne connais pas encore …

- Oh, maintenant ce n'est plus comme avant, je ne cours plus comme un jeune lapin, et les hauteurs me fatiguent même si elles m'attirent. Alors je reste sur les sentiers bas, le long des chemins où je croise tant de monde, des touristes comme on dit ici et parfois d'autres qui semblent s'intéresser un peu plus … Le disait-il pour moi, je ne saurais le dire, je ne relevais pas et continuais un peu de cette promenade avec lui. Sans le savoir j'étais accidentellement entré dans sa vie, un peu, mais avec tant de plaisirs pour les années à venir. L'homme était agréable à écouter, je sentais qu'il aimait partager son vécu, il avait besoin de transmettre sa passion.

- Vous voyez me dit-il, me montrant avec sa canne dans un grand mouvement circulaire, toute la chaîne au-dessus de nous qui va de La Croix au pic des mouches, j'ai fait tous les chemins par presque tous les temps et jamais je n'ai été déçu, elle est belle ma montagne. Tous les paysages y sont sublimes, il suffit d'y venir à la bonne heure et de regarder, simplement regarder ce qui pousse, ce qui y vit, les oiseaux du ciel, les lézards verts si beaux, les petits animaux qui courent vite et ces fleurs rares et subtiles qui sentent si bon, que seules les abeilles noires savent trouver au lever du jour au printemps. Mais pour tout cela il faut aimer prendre son temps, il faut s'armer de patience et ne pas courir les chemins, il faut venir et revenir encore au fil des jours …

Je sentais de l'émotion dans ses mots, il revivait ses promenades, il m'indiquait des passages difficiles dans la falaise qu'il avait fait quand il était plus jeune. Maintenant ses vieux os, comme il aimait à le dire, ne supporteraient plus la grimpette.

J'acquiesçais d'autant plus facilement que je connaissais les difficultés, il les avait faites toutes, ces sorties, bien longtemps avant moi, et j'étais bien loin d'en connaître tous les recoins. Nous regardions les sommets s'éclairer dans les lumières de fin d'après-midi, les roches prenaient des teintes douces, les gris avaient laissé place aux tons beiges et le calcaire était alors devenu plus chaud, plus coloré, perdant son aspect glacial des roches de montagne. Nous redescendions tranquillement le chemin, j'écoutais ses petites histoires avec avidité, j'avais l'impression de vivre un rêve.

- La prochaine fois je vous montrerai un coin que j'aime bien, parce qu'il n'est pas trop difficile et encore beau avant l'hiver, on se retrouvera ici, ce caillou fera parfaitement l'affaire pour un lieu de rendez-vous … Allez salut et à la prochaine ! Comme il aimait si bien dire. Je quittais Emilio des yeux pour reprendre mon chemin en sens inverse, j'entendais déjà un peu plus loin la petite musique de sa canne qui tapait rapidement la surface du sol durci par la sécheresse, et sans doute marchait-il d'un pas joyeux et allègre pour rejoindre le chemin qui le ramenait chez lui.

J'attendais déjà impatiemment, ce prochain rendez-vous qui nous emmènerait vers un autre point de vue, je me doutais un peu de l'endroit où il voulait m'emmener, je savais qu'il fréquentait avec assiduité certains coins plus tranquilles et moins parcourus par les hordes de promeneurs …

Près du Garagaï…

Voilà un des endroits que je fréquente souvent pour sa beauté photographique, d'en bas la chaîne rocheuse en impose, elle est ici un des points de départ et un objectif pour beaucoup de grimpeurs. J'aimais y passer du temps car peu s'y attarde, tous cherchant à vite grimper plus haut pour attaquer la roche à main nue, ou pour tenter un envol en parapente depuis les plats au-dessus des deux Aiguilles, harnachés d'un énorme sac sur le dos, comme de gros insectes gras qui partent loin pour un grand voyage. Ce jour-là, le temps de faire tout ce long chemin, je n'avais de pensée que pour le mouvement lancinant des pieds qui avancent l'un devant l'autre, dans un mouvement de balancier que seul le corps sait composer pour assurer son avancée vers l'éternité d'une grande promenade. Les yeux au sol pour éviter les mauvais cailloux, les pensées perdues dans un vague éther d'idées brumeuses et confuses, à la limite de ne plus réfléchir, je m'arrêtais et je prenais quelques instants pour une respiration profonde afin m'oxygéner le cerveau mais aussi les poumons avec l'air froid. C'est lorsque l'on parcourt la montagne que l'on s'aperçoit qu'on a vraiment besoin d'évasion et de respiration. Je m'appuyais sur un énorme bloc de poudingue qui faisait face à la montagne. Il était descendu certainement de là-haut aux époques où la terre secouait son dos endolori par tous les tremblements, et avait roulé jusqu'ici pour me permettre un repos juste au-dessus d'un petit vallon aux allures de paradis. Assis sur la pierre froide, je restais figé un long moment, happé par un bien-être quasi irréel, le regard un peu perdu et sans objectif sur la lointaine ligne d'horizon barrée par la chaîne montagneuse, l'air froid venu du nord me glaçait le dos alors que le soleil au Sud-Est, encore bas, me réchauffait le visage et les mains posées sur les genoux. En fermant les yeux je contemplais intérieurement des paysages merveilleux sous de douces températures et respirant lentement et profondément, je remplissais mes poumons et mon esprit d'un bonheur inénarrable. La montagne se découpait en vagues de roches sur fond de ciel clair, l'humidité de la veille avait rempli l'air d'une douceur incomparable, que l'œil sait saisir au travers des lumières folles qui inondent depuis l'Est toutes ces collines, ces arêtes de roches grises, ces vagues de terre rouge, et toute cette nature qui pousse par-dessus en buissons arrondis ou ployés dans le sens des vents dominants. Dans toutes ces formes si harmonieuses, je ressentais le rythme inhérent aux créations qu'elles soient le fait de l'homme ou des dieux, où peut être des deux. La douceur et la force se ressentaient en même temps dans tous les mouvements des collines et des masses rocheuses décapées par les vents et les pluies. Jaillissant en arêtes pointues sur la montagne, déroulant plus calmement des rondeurs féminines sur les hauteurs des vallons plus bas entourés de nuées de brumes légères, la nature était un rythme en elle-même, elle m'imposait un ordre de marche, des distances à respecter, et pouvait même parfois m'obliger à des repos au travers des fatigues que mon corps retrouvait invariablement, pour des temps de calme, de réflexion, des moments de pensées diffuses et diverses, et de contemplation aussi. Tout dans cette création était rythme et beauté, mouvements de roches, couleurs changeantes, atmosphères irréelles selon les températures et les nuages, et même les bruits du vent coulant dans les branches, et caressant les feuillages séchés aux bourrasques de l'automne, participaient à ces ambiances aux musicalités étonnantes. J'étais moi-même pris dans ce piège du rythme, respirant au gré des sensations de l'air et des doux rayons du soleil matinal. Comme tous les êtres vivants ici-bas je prenais le temps d'exister, c'est la nature tout entière qui rentrait en moi.

Lorsque s'en va le temps ...

Quelques jours plus tard, après le dernier rendez-vous manqué pour cause de mauvais temps, j'étais resté sur les chemins faciles, je n'avais pas envie de prendre les pentes raides. La lumière était très belle en cette fin d'après-midi, et je n'avais qu'une idée dans la tête, retrouver du calme, celui qui vous fait parler avec le vent, et qui vous laisse écouter les oiseaux du ciel cachés dans les arbres. J'arrivais au bord de la route qui mène à Saint Antonin-sur-Bayon, au cœur de la montagne, sans projet véritable, avec la seule envie de promener ma solitude sur la garrigue et de regarder le ciel qui dominait si loin au-dessus de la croix. J'aimais particulièrement cet endroit pour la facilité avec laquelle je vous pouvais me dépayser, marcher sans but. J'allais lentement, les feuilles jaunes des arbres jonchaient le sol, poussées par de petites bourrasques, elles finissaient par s'empiler dans les ornières que les dernières pluies avaient creusées dans les terres ocres. L'automne était bien là, la nature n'était plus aussi resplendissante, les arbres et buissons légèrement dévêtus, laissaient voir les cicatrices des saisons, les outrages des brutalités du temps, les blessures faites par les animaux ou les hommes de passage, et tout cela me laissait rêveur. Je remarquais, j'enregistrais, mais je savais comme toujours que ce n'était qu'une des phases du temps qui court et fait changer le monde.

Au milieu d'une grande tache presque rousse de ces sables descendus des pentes après les pluies, je m'étais arrêté pour regarder une troupe de grimpeurs prendre le chemin vers les sommets gris, ils riaient, étaient heureux de plaisanter et semblaient prendre leur ascension avec tellement de plaisir que j'avais fini par tendre l'oreille. Leurs discussions étaient inaudibles, mais leurs éclats de rire me parvenaient clairement, je ressentais la joie qu'ils avaient à aller vers leurs parois préférées.

Je n'avais pas entendu les pas discrets d'Emilio qui venait juste d'arriver derrière moi.

- Alors, on fait le curieux ! … À peine était-il arrivé qu'il plaisantait avec une telle bonne humeur que c'en était communicatif. Je lui retournais un grand sourire qui trahissait mon plaisir de le retrouver.

- Oui, bonjour ! … j'étais dans mes réflexions et je ne vous avais pas entendu venir …

Il se campait sur ses deux jambes et s'appuyant sa canne tout à côté de moi, me dit ...

- Beau temps encore aujourd'hui ! …

- Oui, lui répondis-je content de le savoir une fois de plus ici.

- J'étais parti pour une longue promenade depuis ce matin, avec le casse-croûte dans la musette et je rentre. J'ai vraiment bien profité de cette journée, il ne fait pas trop froid et la nature bouge encore un peu. J'étais assis en haut de la courbe sous les deux aiguilles, au niveau de l'oppidum, il y a là-haut un petit plateau avec un superbe point de vue. Quelques barres de roches presque rouges me protégeaient des vents d'Est, c'était vraiment agréable. C'est là que j'ai fait un déjeuner de soleil, et aujourd'hui c'est fête, alors j'ai même pris un petit coup de rouge pour accompagner mon saucisson et mon pain. J'étais si bien au soleil, que j'ai fait le lézard, j'ai failli m'endormir. Toute la falaise au-dessus de moi, juste en dessous de la croix resplendissait de la lumière du Sud et il faisait presque chaud à l'abri des roches. Je me suis régalé, j'avais l'impression de rajeunir au soleil, au diable les soucis !

J'aimais sa façon naturelle de me conter ses moments dans la nature. Tous ces instants de vie quand il parcourait ses chemins, à son rythme, arrivant toujours à y trouver du réconfort, de la joie même, et il savait le dire.

- Il reprenait … il va bientôt faire froid, les hirondelles sont parties, il n'y a plus que quelques choucas qui traînent le long de la grande falaise percée et les insectes sont absents dans les touffes d'herbes, ça fait bizarre de ne plus les entendre crisser, ça devient triste et froid, je ne pense pas que j'y retournerai avant la belle saison.

- Je ne suis pas surpris, lui dis-je, en plus les coups de mistral n'arrangent rien, il faut s'y faire, l'hiver arrive.

Il était encore dans son nuage, il prenait son temps, enlevait et remettait ses lunettes, bougeait sans dépenser trop d'énergie, il me donnait l'impression de se reposer. Sa main droite aux longs doigts encore adroits s'était refermée sur le pommeau de sa canne, et observant le ciel qui noircissait à l'Ouest, il me dit :

- Demain on va en prendre une bonne, regardez là-haut on voit les nuages qui glissent de haut en bas sur les pointes, comme l'eau sur les rochers de la rivière, on dirait un courant, avec des remous, c'est beau …

Il avait ce regard affûté du chasseur qui voit précisément ce qu'il cherche au milieu des arbres et des roches. Les nuées venues du Nord-Ouest accrochaient le sommet et noyaient la croix dans un inextricable bouillon de masses noires et grises, laissant de temps en temps passer un bout de ciel bleu. Ces mouvements, dans leur grande lenteur, avançaient en fait rapidement, emmaillotant les crêtes et leurs détails dans un bain de gris confus et menaçant.

- Les vents de là-haut sont certainement plus froids que ceux que l'on ressent en bas, et la pluie fera du bien aux plantes.

- Pas qu'aux plantes me répondit-il, ce matin je regardais une belle sauterelle aux ailes rouges, elle était accrochée à une brindille et j'avais l'impression qu'elle buvait l'eau d'une goutte d'eau, même si ce n'est pas exact, elles ont aussi besoin de se rafraîchir, et l'eau des pluies fait pousser les plantes qui les nourrissent. Aller ! … j'arrête de dire n'importe quoi, je suis un peu fatigué par l'air, je rentre doucement. Il se massait le cuir chevelu d'un mouvement lent, comme un rêveur qui ne commande pas vraiment ses gestes et qui laisse ses mains se promener à leur guise. Il se levait doucement et reprenant sa marche, il me fit un signe de la main, et me dit sur un ton amusé

- La prochaine fois on grimpe un peu ensemble, ça me changera les idées.

- D'accord tout dépend du temps !

- Oh ça change vite ici, un coup de vent et tout passe du gris au bleu, on verra …

Le vent d'Ouest venait d'accentuer sa pression, il nous soufflait au visage en rafales humides, charriant de gros nuages qui apportaient les premières gouttes épaisses et lourdes. La pluie frappait les rochers d'un claquement sec, éclaboussant en minuscules gerbes et tachant les surfaces sèches qui devenaient alors plus foncées. Les terres ocres devenaient rouges au fur et à mesure que le ciel déversait ses grosses larmes, nous marchions sans discuter, hâtant le pas pour retourner à l'abri. L'air humide et dense était devenu épais, la lumière déclinait, il n'y avait plus que ce bruit lancinant des gouttes qui heurtent le sol pour nous distraire. Nous nous quittions ainsi, toute affaire cessante, sans nous poser de question, nous étions certains de nous retrouver quelque part entre rochers et chemins, à prendre le temps de vivre nos petites aventures.

Le mistral avait enfin chassé les nuages …

J'avais attendu trois jours, trois longues journées d'humidité, de brouillards et de pluies clairsemées, puis le mistral avait soufflé la veille pendant de longues heures, chassant ce matin tous les nuages, partis je ne sais où, et le ciel d'un gris sourd était passé à un bleu le plus pur qui soit, d'une luminosité excessive, le bleu que la Provence arbore sur toutes ses cartes postales qui ne vantent que le beau temps. Le changement avait été radical, l'air était devenu vif, le froid s'installait vraiment.

Sachant que le temps peu clément allait revenir dès le lendemain, je partais en fin de matinée du côté de la ferme où Emilio habitait. La route qui menait de Puyloubier à Saint Antonin était quasi déserte, les touristes avaient sans doute préféré rester à l'abri, il faut dire que le mistral soufflait vraiment fort ce jour-là. De très bonne heure, une gelée blanche avait couvert les champs alentours et le froid piquant avait pris ses quartiers entre les monts gris.

J'avais envie de savoir où il serait ce jour, et je le croisais au bord de la route cheminant doucement vers moi.

- Tiens … c'est un jour de sortie ! S'esclaffait-il, si on faisait un bout de chemin ensemble ça me dégourdirait les jambes. Nous prenions ainsi de concert, le chemin qui mène au refuge Baudino. Promenade facile, nous avions tout le temps pour la faire et reprendre nos discussions, principalement sur ces trois derniers jours de mauvais temps.

Il avait fermé sa veste et portait une sorte de vieux bonnet, couleur poil de chèvre, une sorte de laine râpée, qui lui couvrait les oreilles, jusqu'au bord des lunettes. Je l'observais de temps à autre du coin de l'œil, je ne voulais pas qu'il pense que j'étais en train de le scruter. Il me plaisait ce bonhomme avec ses allures simples, sa marche lourde, il dégageait une énergie que bien des jeunes pourraient lui envier. Il marchait d'un pas assuré, évitant soigneusement les cailloux qui roulent, choisissant les bons appuis comme quelqu'un qui sait quelle course il va faire au milieu de la nature, repoussant parfois de sa canne une branche qui aurait entravé sa marche.

Le chemin n'était pas trop difficile et s'apparentait à une promenade plus qu'à une randonnée, et nous étions à l'abri des bosquets de chênes et de pins mélangés, bousculés et secoués par les bourrasques.

- Vous avez vu ce ciel aujourd'hui … il est d'un bleu si clair qu'on voit partout au loin, et ça souffle fort, il y en a encore pour vingt-quatre heures.

Effectivement, le mistral glacial, avait chassé les nuages, l'humidité de l'air avait été effacée comme si un chiffon avait été passé sur une surface humide et avait tout absorbé, il ne restait plus rien. L'étendue du ciel, au-dessus de nos têtes jusqu'à l'horizon lointain, nous semblait vraiment infinie, et derrière nous, les sommets de la montagne se découpaient sur le bleu de l'azur, comme si un peintre avait utilisé un couteau à peindre sans vouloir faire de détails. La roche semblait coupante comme une lame de rasoir. Devant nous, d'où nous étions sur un petit promontoire de roche beige entourée de cailloux gris et de quelques touffes d'immortelles séchées par l'air, on pouvait voir depuis le pays d'Aix jusqu'aux contreforts de la Sainte Baume, et un peu plus loin derrière on devinait les découpes du massif de l'Étoile. Tous les monts lointains, avaient pris cette couleur bleue, très légère si propre aux teintes des collines de Provence que l'on voit dans tous les tableaux de peintres régionaux, et contrairement au bleu des journées chaudes, il était d'une acidité redoutable, tranchant à vous faire cligner les yeux pour voir encore plus loin. Il me faisait remarquer ces filaires à feuilles fines qui se penchaient vers le sud-est, sous les courants d'air dominants et trop forts de ce mistral agaçant et glacial, qui faisait se recroqueviller les feuilles vert foncé. Tout le buisson semblait frigorifié, tremblant, alors que juste à côté de lui, un bouquet d'ajoncs à la floraison jaune vif, se laissait fièrement ballotter au vent.

- Quel contraste ! Lui faisais-je remarquer

- Et oui, c'est la seule plante épineuse qui résiste à ce point et qui fleurit tout en jaune malgré les gelées. Ces ajoncs, sont les premiers à fleurir, on dirait que cette année, ils sont en avance. Foutu temps, il n'y a plus de certitudes à avoir sur les saisons, j'ai même vu ce matin une belle fleur d'iris violet, fleurir dans mon jardin, en plein mois de décembre, c'est très étonnant ! Il était dans ses réflexions intérieures, et je profitais de cet instant de calme pour mieux me protéger. Les vents vifs et méchants me piquaient les mains, rentraient autour de mon cou, me glaçant jusqu'aux os. Je lui proposais de redescendre vers des zones plus agréables, je reviendrais voir l'horizon un autre jour.

Chemin faisant, nous reprenions chacun nos silences, nous n'avions plus trop envie de parler sous cette atmosphère glaciale. Je reprenais lentement mon souffle face au vent, et après un bref salut, nos pas se séparèrent pour des buts différents, chacun retournant à son petit monde.

Un matin d'exception ...

Je me faisais la réflexion que cette montagne avait quelque chose d'unique chaque fois que j'y retournais. Je ne retrouvais jamais les mêmes sensations, dans les mêmes chemins, et aux mêmes heures. Tout était si changeant, elle semblait m'envoûter. Ma passion de la photographie me permettait de la regarder différemment chaque fois, j'étais toujours en quête d'une belle lumière et jamais je n'avais été déçu. Les mêmes buissons, les mêmes bouquets d'herbes me parlaient d'autres façons, ils baignaient dans des atmosphères différentes et les paysages n'étaient jamais identiques. Parfois le mauvais temps masquait tout, il suffisait d'une éclaircie et tout reprenait sa beauté éternelle.

J'étais parti serein, ce matin-là de très bonne heure avant que le jour ne se lève, seul avec le désir de ne rencontrer personne, je voulais jalousement garder la montagne pour moi, je voulais y respirer tranquillement, ne pas être dérangé pour me revigorer l'âme.

Sur les pentes qui montent depuis La route près du Bouquet, une douce lumière presque divine venait à lécher les roches au loin, je savais que ce matin était propice à ces belles lueurs qui vous incitent à plus de réflexion, et le calme permettait de prendre toute la dimension du site. J'avais regardé le ciel la veille au soir, et le léger mouvement des nuages venus de l'Est m'avait fait pressentir que le temps serait légèrement couvert et lumineux. Il faisait bon, presque chaud, l'air semblait si léger, il ne bougeait pas, la lumière du matin, encore chaude traversait les nuages pour se déverser doucement sur les arrondis des collines lointaines, encore sous l'écharpe de la nuit, éclairant doucement les dernières sensations d'une fin d'un automne décidément coloré. J'avais comme l'impression de flotter dans un nuage de couleurs tièdes, comme au matin du premier jour de la création. Rythmant ce paysage en plateau que je connaissais parfaitement, tant je l'avais parcouru en toutes saisons, les oliviers ébouriffés par les derniers vents du soir, laissaient leurs olives rondes et brillantes de rosée se gorger aux premières lueurs, je me laissais captiver par cette douceur presque étonnante, inhabituelle que seuls les levers du jour vous donnent, pourvu que l'on ait eu le courage de se lever de très bonne heure pour y parvenir. Quelques figuiers plantés de main d'homme finissaient de jaunir au soleil levant, avant de perdre définitivement leur toison aux prochains froids, et comme un diamant brut la roche grise de la montagne se maquillait d'un trait lumineux avant de laisser le soleil prendre toute sa place, et écraser les détails.

- Ohé ... Je suis là, juste en haut de la pente !

J'apercevais Emilio, qui faisait sa petite promenade matinale aussi, il montait par les chemins tracés à grand renfort de pelleteuses après les gigantesques incendies de mille neuf cent quatre-vingt-neuf. Il suivait la pente douce, posant ses pas sur la terre ocre sans s'arrêter et profitait de cette douceur matinale pour venir plus haut que d'habitude à ma rencontre.

- Salut … il y a bien longtemps que je n'étais pas venu ici, ça fait un peu loin de la maison, mais j'ai un ami qui m'a déposé en passant sur son chemin pour aller à Beaurecueil, j'en ai profité en me disant que je trouverais bien un moyen pour le retour, ou alors je prendrai le bus.

Il ne doutait jamais de rien, partant à l'aventure, selon ses humeurs et selon le temps. Il avait lui aussi regardé le ciel hier soir et en avait conclu que l'heure matinale serait belle, il ne s'était pas trompé non plus.

- Vous avez vu le temps hier soir, il ne fallait pas louper cette matinée …

De fil en aiguille, il m'expliquait qu'il regardait toujours la montagne avant de se fier à la météo trop généraliste. Depuis toujours, avec son père et son grand-père, il avait appris à lire le ciel, et les nuages étaient toujours annonciateurs de beau ou mauvais temps selon les vents et l'humidité ambiante. Il venait de s'arrêter, à peine essoufflé par cette longue montée en pente douce faite pour les amateurs de marche facile, il regardait au loin vers l'est, du côté de Saint Antonin, le ciel éclatait dans une débauche nuageuse de gris et d'orangés.

- Vous savez, du temps de mon père, il n'y avait pas la télé, et quand il devait partir aux aurores pour travailler à l'entretien de ses oliviers, il n'avait que le ciel et ses rhumatismes pour lui parler du temps. Oh, il ne se trompait pas souvent, sauf quand le traître mistral venait d'un coup déjouer ses pronostics en glissant avec force au-dessus des sommets du côté d'Aix. D'ailleurs je me souviens qu'il partait toujours avec sa casquette de laine et sa veste, disant les enlever s'il venait à faire trop chaud.

A travers ses propos, je ressentais une vie proche de la terre, il émanait de ses paroles comme une sagesse ancienne, un savoir qui ne pouvait être transmis qu'entre proches, de père en fils comme cela se faisait depuis des générations. Il perpétuait un peu cette façon de vivre, il avait encore un pied dans ce monde que chacun de nous essaye aujourd'hui de retrouver pour vivre un peu d'authenticité.

Il reprenait … mon grand-père me disait chaque fois de regarder le ciel, il n'y avait que là où je pourrais trouver des réponses, il fallait à cette époque apprendre, comprendre comment toute la nature autour de moi fonctionnait. Ce qui était vrai pour le ciel et le temps, l'était aussi en regardant les plantes pousser, l'énergie que les oiseaux mettent à voler, et ainsi de suite, car tout avait une interaction sur ce qui l'entourait.

Il avait en fait appris très jeune comment réagir aux stimuli de sa nature proche et il savait en tirer les conséquences. Aujourd'hui, à sa façon il m'indiquait un peu comment ressentir et être au plus près de tout ce qui vit ici, dans les airs, sur le sol et sous terre aussi.

- Je comprends bien tout ça, lui dis-je, mais je n'ai pas la même expérience. Moi-même j'ai appris beaucoup de choses de mon père, mais tant se sont perdues avec le temps et les obligations. Il me reste que je n'ai jamais oublié ses enseignements sur les animaux, la nature vivante. Déjà il y a soixante ans, il m'apprenait à respecter la vie des êtres vivants, des plantes utiles à tous, ne pas les tuer, les protéger et les aider quand on le pouvait, pour lui une petite fourmi avait son importance, inutile de l'écraser … Même le ver de terre avait droit de vie, je savais qu'il aérait la terre, sauf quand nous allions à la pêche. Il se mit à rire …

Sans m'en rendre compte directement, nous échangions sur nos familles, nos savoirs, notre respect de la vie et des êtres qui peuplent cette terre. Nous avions des points d'accords parfaits qui nous reliaient au même monde, et c'est ce qui me transportait dans ces moments de rencontre.

- Regardez, c'est déjà fini, l'or du matin s'est évanoui, il ne reste plus que le gris des nuages, le temps restera couvert aujourd'hui, j'en ai bien profité, je vais ramasser quelques champignons que j'ai remarqués en venant ici, sur le petit versant près de la route, ça me fera mon déjeuner avec une bonne omelette. J'ai vraiment été content de faire ce bout de chemin, il y avait si longtemps que je n'étais pas monté voir le jour se lever. C'est sûr, je ne le ferai pas tous les jours, c'est loin, mais ça valait vraiment le coup œil ce matin.

Remettant sa casquette dans le bons-sens après s'être recoiffé hâtivement, il reprenait le chemin inverse, pas après pas il s'éloignait tranquillement, dans la lumière devenue grise de ce joli matin. Je n'oubliais pas ces instants de convivialité, ces moments où trois mots changent le sens de la vie, où l'on apprend ce qu'est le respect du savoir ancestral.

Le vieux genévrier...

Parfois, il m'arrivait de rester seul sur le flanc de la montagne, je partais en début d'après-midi, sans but autre que le fait d'y être, comme si cela pouvait être une nécessité. Je n'avais pas de souhait particulier, j'avais envie seulement de me retrouver dans un univers apaisé. Le ciel était d'un bleu alizarine bien dense, comme sorti d'un tube de couleur, et partout d'Est en Ouest, la voûte uniforme reflétait cette teinte sans discontinuité, d'une manière presque insoutenable. Le soleil très vif, perçant l'air de son intense luminosité, m'incitait à plisser les paupières pour mieux percevoir les détails brûlés par toute cette blancheur. Arrivé en haut du monticule érodé par les pluies, face au sommet qui déclinait vers l'Est, je m'étais arrêté pour simplement prendre le temps, comme un enfant qui regarde le ciel en rêvant aux voyages lointains. Je dessinais dans ma tête des horizons inconnus plein de couleurs, j'imaginais un monde facile à vivre, où les rencontres étaient faciles, agréables, pleines de bon sens et de joie. Je restais assis sur le sol, le soleil dans le dos, il me réchauffait les épaules, et m'emmenait dans des idées d'ailleurs.

Ce jour-là, le paysage n'avait pas ma priorité, je le regardais, il était là, comme toujours, baigné dans sa lumière éternelle, je n'étais qu'un petit caillou, parmi les roches et je me satisfaisais de cet instant d'existence sans exigence. J'étais assis là, toujours sans pensée particulière, je regardais d'en haut ce bout de chemin tracé par les pas des randonneurs, hors des chemins habituels et je comprenais pourquoi il était facile d'arriver à mi- pente, même pour ceux qui ne connaissent pas la montagne. C'était un jeudi de beau temps, le vent avait cessé sa danse infernale, les buissons et les plantes reprenaient leur aise et déployaient leurs branches et leurs feuilles sous le rayonnement solaire, comme un animal qui s'étire pour se réchauffer. Au loin, en bas du petit sentier gris, j'apercevais Emilio, il faisait lui aussi un bout de chemin solitaire, il s'était arrêté sur une roche plate et grise en contrebas de la pente, quelques centaines de mètres sous moi, il ne m'avait pas vu. Je l'observais sans qu'il s'en doute et je le laissais à ses pensées. En avait-il d'ailleurs, je ne le sais pas, je n'étais pas dans sa tête, il semblait simplement en accord avec la nature autour de lui, il ramassait un brin de romarin, qu'il portait à sa bouche, le mâchant avec semble-t-il du plaisir. Instantanément le goût et le parfum me revenaient en mémoire, je sentais la colline jaillir dans mes veines, ma tête se laissait parfumer à tous les vents et les senteurs du Sud. Prenant mon temps, je restais assis en tailleur sur un espace de terre sèche, rouge, et je regardais un très vieux genévrier oxycèdre accroché à la roche.

Il était là depuis tellement de temps que son vieux tronc déchiré par les vents violents était courbé dans le sens de la pente. Il me faisait penser à la vieillesse, à la sagesse qui permet de résister aux aléas. Il avait la beauté des gens âgés qui ne perdent jamais l'espoir, qui résistent aux vilaines humeurs des temps. Il s'accroche, laisse voir encore ses vieilles branches comme les rides sur une peau tannée par les vents et brûlée par le soleil trop intense d'ici. Il portait encore des baies presque mûres à la teinte ocre comme la terre qui le nourrissait si difficilement, elles avaient un extraordinaire goût de soleil qui me remplissait de bonheur tant ce goût enveloppait le palais et persistait en bouche. Je me demandais quelle énergie il avait déployé pour rester accroché, quel pouvait être son âge. Ses vieilles branches usées et décharnées servaient toujours de support aux branches plus jeunes, j'avais l'impression de voir l'ombre de mon père qui me soutenait dans ma jeunesse, comme ces jeunes rameaux qui s'accrochaient à la vie dans le sillage des anciens. Peut-être était-ce cela la transmission des savoirs, c'était dans l'ordre normal des choses que la trace des anciens, serve aux plus jeunes. Suffisamment réchauffé au soleil direct, je me levais et partais à la rencontre d'Emilio, sans faire de bruit. Il était toujours au même endroit, perdu dans ses pensées. M'approchant doucement sans faire rouler de cailloux sur la pente, je remarquais qu'il avait ouvert sa veste pour prendre le soleil, il respirait calmement, appuyé sur son caillou, ses deux bras en arrière, les yeux clos, j'avais l'impression qu'il écoutait une douce musique. La tête nue, je sentais qu'il se réchauffait comme un lézard, il prenait du bon temps, celui qui vous transporte dans les rêves de l'enfance. Je m'arrêtais quelques dizaines de mètres avant, hors de son champ de vision pour ne pas le déranger, il avait les mains bien à plat derrière lui, les doigts écartés sur la roche chaude, et ses veines au-dessus semblaient gonflées de soleil. Il était dans un calme absolu, il ne dépendait plus du temps, rien n'avait de pouvoir sur lui, il était simplement là. J'admirais sa facilité à se déconnecter de ce monde, il flottait comme un air de tranquille bonheur …

Au loin, les bruits de la civilisation nous parvenaient à peine, une fauvette grise à longue queue passait juste au-dessus de nous en poussant un cri de surprise, l'air vibrait doucement remontant quelques odeurs douceâtres de terre, de ce sol encore humide, et je m'avançais alors à découvert, j'avais envie de faire un brin de causette.

- Je vois qu'il y en a qui aime se chauffer la couenne … lui-dis-je

- Ah ça fait vraiment du bien, comme il fait beau et que j'en avais marre de ce mistral, j'ai profité de ce beau temps pour faire une escapade jusqu'ici, demain ce ne sera pas pareil … retour au vent de Nord !

Il avait toujours cet instinct météorologique en lui, le temps qu'il va faire guidait ses activités, il s'adaptait en permanence.

Je lui disais que j'étais au-dessus, et il me répondit qu'il ne m'avait pas vu.

J'engageai la conversation sur le vieux genévrier dans la veine de roche rouge et lui racontais mon étonnement, il me disait qu'il était comme lui, il s'accrochait à la vie coûte que coûte, à la seule différence que lui ne pouvait aller ailleurs. Il le connaissait depuis longtemps, quelques dizaines d'années auparavant il l'avait repéré, il ne savait plus combien. Il venait le voir de temps à autre, et constatait avec tristesse que les pluies et le mauvais temps ravageaient les terres et les roches autour de lui, et qu'un jour il n'aurait plus de quoi se nourrir tant l'érosion était importante.

- C'est comme moi disait-il, le temps passe, les saisons tournent, je m'accroche, je n'ai pas toujours bon moral, mais je suis là encore et encore … mais tout fout le camp comme on dit ! …

Il baissait les yeux vers le sol, son regard gris bleu s'était un peu éteint, il pensait à la vieillesse, il ne voulait pas montrer ses peurs, il les prenait comme elles viennent, mais il comprenait. Il semblait triste, de cette tristesse envahissante qui vous vrille le cerveau, qui ralentit vos mouvements, qui ronge les idées, et qui vous prend doucement et sûrement votre énergie.

Je savais qu'il avait du ressort, qu'il avait envie, mais comme chacun de nous il perdait parfois un peu pied.

- Aller Emilio, demain il fera beau aussi, il faut profiter, après tout l'hiver est court chez nous, même si chacun le trouve long, on prend trop l'habitude du soleil ici …

Il me regardait de son air triste, puis se reprenant …

- Vous avez raison, haut les cœurs !!! Et comme il fait beau, chauffons nos vieilles carcasses au soleil et profitons.

Dans l'instant, je vis mes paroles le réconforter, il se sentait un peu moins seul sûrement, il se mit debout réajustait sa veste et remis ses lunettes en bonne place …

- Et puis tiens c'est comme un jour de fête, il fait beau, les oiseaux chantent, il n'y a pas de vent, si on allait dans le vallon juste en dessous de l'oppidum, ça nous ferait une bonne balade, j'aime particulièrement cet endroit, on y respire la montagne.

Nous marchions quelques temps en silence, je restais à côté de lui, parfois un peu en arrière, le laissant monter la pente doucement et je l'observais par pur plaisir. Il était assez grand tout de même, plus grand que moi, parfois il courbait le dos pour moins se fatiguer, et quand il se redressait on voyait toute la force qu'il avait dû avoir dans sa jeunesse. Ses bras et ses jambes dégageaient de la vivacité, il n'y avait que l'usure qui trahissait son âge, une belle peau fine, légèrement ridée protégeait ses veines bleuies, et courait au-dessus de ses os qu'il avait fort bien constitués et solides en apparence. Cet homme-là dégageait naturellement une force d'existence imposante, je sentais en lui une belle énergie. Il marchait d'un pas assuré, sans rapidité, mais ses pieds connaissaient le terrain, savaient éviter les cailloux qui roulent et vous font tomber, malgré son âge, il était encore alerte et à l'aise. Voyant que je traînais un peu derrière lui, il se retournait et patientait quelques secondes que je le rattrape pour reprendre son chemin.

Par-dessus sa veste élimée, il avait toujours sa musette, il y cachait ses petits secrets de la journée, s'il trouvait quelques champignons ou quelques baies bonnes à manger, il avait toujours un petit sac dedans pour faire sa cueillette. Elle était usée aussi, la trame du tissu était râpée, tachée, on voyait qu'elle servait souvent, il la portait en bandoulière et la patte de fermeture avait perdu son bouton et s'effilochait, laissant pendre un fil beige en tortillon. Elle lui servait aussi pour ses petits repas, qu'il faisait tout-seul au milieu de la nature, quand il partait pour la journée entière, quand il faisait très beau.

Le petit vallon ...

Nous marchions depuis une bonne demi-heure entre les jeunes pins et les buissons de chênes kermès au feuilles piquantes. Nous suivions le tracé fait depuis longtemps par tous les marcheurs qui veulent aller aux grandes falaises grises, et de loin en loin on entendait des cris et paroles inaudibles, sans jamais voir personne, et qui résonnaient contre les parois rocheuses, nous parvenant indistinctement selon le sens des vents. Arrivés au bout du chemin, face à la grande cuvette qui formait ce vallon, Emilio s'arrêtait pour me faire remarquer le côté presque grandiose du site, malgré que ce ne soit pas de la haute montagne.

- En arrivant à chaque fois ici, j'ai l'impression d'être ailleurs … Vous savez, comme dans la vraie montagne, l'endroit est vraiment harmonieux et selon le temps, bleu ou gris, le ciel est toujours impressionnant avec la roche en fond, on s'y sent petit et pourtant on y est bien …

Je ressentais la même chose que lui, j'avais ce sentiment de grandeur que la montagne pouvait dégager et avec la croix en point de mire, je savais que j'étais bien en Provence sous les falaises hautes de la Sainte Victoire. Le vallon se découpait en plusieurs portions creusées par l'érosion dans des terres rouges, laissant apparaître des barres rocheuses qui grimpaient à l'assaut du ciel bleu, pour finir par buter contre les falaises grises. J'avais déjà moi aussi parcouru tous ces recoins, j'étais même descendu au plus profond du ravin là-bas, entre les cailloux éboulés, là où l'eau vient suinter après les pluies. La végétation y est dense, elle reçoit toute l'eau du ciel et en plus il y a de la terre pour pousser. J'avais même fait le chemin dans les broussailles depuis le plus bas de la faille, jusqu'en haut de la crête ou les hirondelles des murailles viennent nicher à la belle saison.

Je lui disais le sentiment que j'avais de ce lieu …

- Je vois que je ne suis pas seul à aimer ce coin, c'est vrai qu'il est à la fois grand et reposant, et quand il y a du vent on est abrité de toutes parts. Par contre je n'y viens jamais en soirée, le soleil passe derrière les barres rocheuses et tout devient sombre et triste, alors qu'en pleine après-midi tout est beau, lumineux, les rochers jouent avec la lumière. Des fois après les pluies d'automne, la roche lisse tout là-haut suinte, et il y a de l'eau qui fait des petites mares dans lesquelles les oiseaux viennent boire quand il fait chaud.

Je remarquais qu'il acquiesçait, nous aimions cet endroit, comme si c'était un petit paradis qui nous appartenait, tant nous prenions des chemins escarpés et différents de ceux des grimpeurs pressés, pour découvrir une autre nature riche et apaisante.

- Par contre à l'oppidum, je n'y vais pas souvent, sauf pour regarder les nuages glisser sur les crêtes me dit-il. Quand on est trop près du ciel, on ne voit plus rien, il n'y a plus que des buissons bas et de la roche, je suis mieux ici en bas.

- Je le suivais, obliquant sur la droite pour éviter le chemin de randonnée, nous n'avions pas envie de croiser la cohorte bruyante des marcheurs qui arrivaient derrière nous depuis le parking des deux Aiguilles.

Nous descendions dans un petit vallon ocre, encore un peu à l'ombre à cet instant, le soleil derrière nous. Des bouquets d'ajoncs bien piquants, fleuris d'un jaune puissant comme celui des boutons d'or du printemps, nous griffaient les jambes. Il me disait de faire attention, de ne pas me tenir à ces Argelas trompeurs qui vous piquent au sang. Il regardait droit devant lui, évitant les branches mortes, et les accidents du chemin. Loin au-dessus de nous, un vol d'oiseaux tout noir accompagnait en gracieux mouvements, les vagues du vent d'altitude dans un ciel d'un bleu si cru, si fort, qu'il ne nous était pas possible de le fixer longtemps.

- Si je vous emmène ici c'est parce que j'y trouve le calme de la vie, j'ai l'impression un peu de m'enfoncer dans la terre, de m'y fondre et d'y puiser de la force. Quand l'eau qui suinte de la falaise coule jusqu'ici en bas, j'ai l'impression de voir le sang de l'existence couler, c'est comme si la montagne me laissait voir son ventre et ses veines. Je sens que la terre bouge, elle secoue ses os, vieux comme les miens, elle semble me dire que les douleurs sont passagères, elles ne sont que le reflet d'un instant et que tout peut aller mieux si l'on prend les choses comme elles viennent, avec humilité, avec patience, et on a toujours ce qu'on mérite.

- C'est vrai qu'on est bien ici, comme si personne n'était jamais venu, le soleil n'est pas encore trop fort et l'ombre douce semble venir du fond de la terre. Quel endroit magique !...

Je le regardais, il avait cet air malicieux de celui qui fait un joli cadeau, qui sait surprendre avec des choses d'une extrême sensibilité, tellement simple, tellement belle. Il m'offrait ainsi une part de sa nature, celle dans laquelle il vivait tous les jours, et d'une simple promenade, il faisait un moment merveilleux hors du temps.

Reconnaître son monde ...

Il y avait là, un vieux tronc de pin d'Alep, brisé par les bourrasques d'une tempête ancienne, couché en travers du chemin juste au bord d'un petit ravin où les pluies d'orage venaient à emporter les terres et faisaient rouler les pierres éboulées depuis le haut du monticule. Même ce gros pin, pourtant bien enraciné, n'avaient pas résisté, Emilio s'était assis sur le tronc sombre, écaillant un peu plus les écorces séchées et craquantes, et avait enlevé sa veste.

- Il va faire presque chaud d'ici une demie heure, le soleil va passer juste au-dessus de la barre qui est là et ça va chauffer. Venez là, juste à côté de moi, à l'ombre ... on a un peu de temps aujourd'hui et juste là, dans cette direction, en regardant vers le haut je trouve que le paysage vaut le coup d'œil.

Nous étions assis sur ce tronc, l'air doux nous incitait au calme, et comme il me l'avait dit, je regardais vers le haut entre buissons et rochers, j'avais l'impression d'être en-dehors du temps, comme dans un film. Je le lui disais, il riait d'un rire heureux, presque enfantin. Nous avions les jambes qui flottaient dans l'espace entre tronc et terre, nous balancions nos pieds comme deux gamins, il chantonnait un bout d'air mélancolique que je ne connaissais pas, et me voyant surpris, il me confiait que c'était une chansonnette que sa grand-mère italienne chantait à l'heure de la sieste quand il était très jeune, alors que le temps trop chaud épuisait les corps. Il se rappelait un peu des formes des montagnes du nord de l'Italie où habitait sa grand-mère avec laquelle il avait eu le bonheur de vivre des instants magiques qui marquent une vie, juste avant que ses parents ne quittent cette terre natale du Piémont, pour émigrer vers le sud de la France, en espérant y trouver une vie plus clémente. Je comprenais alors toute cette fierté qui émanait de ce personnage pourtant si discret. Il avait cette noblesse du cœur, cette chaleur que l'on trouve toujours chez ce peuple transalpin généreux, et je lui faisais remarquer …

- Emilio, je me doutais que votre prénom était d'origine italienne, je ne savais pas de quel endroit, et je n'osais pas vous le demander. En tout cas, c'est une très belle région, que je connais assez bien pour y avoir voyagé plusieurs fois pour les vacances, et je trouve que vous avez su garder ce quelque chose d'inexplicable que j'aime bien chez les italiens.

Il me souriait sans dire un mot, il regardait à nouveau vers le haut de la montagne, laissant le temps passer au-dessus de nous, et finit par me dire avec une voix douce et discrète :

- Oh ce n'est pas que je regrette le Piémont, mais mes racines sont là-bas, je le sens, j'aimerais bien y retourner si Dieu me prête vie encore quelques années, juste pour me rappeler avant de partir. Je voyais ses yeux étinceler, comme s'il venait d'y allumer une petite flamme qui brûlait tout au fond de lui depuis si longtemps.

- C'est une très belle région, et puis la montagne y est plus grande qu'ici, c'est différent …

- Oui, mais ce n'est pas la taille qui m'importe, je retrouve ici aussi des forces pareilles à celles que je voyais là-bas, quand petit je courais derrière mon père, et aussi avec le grand-père dont j'ai quelques souvenirs, nous allions emmener les bêtes à la pâture sur le flanc de la montagne, au-dessus du village, il nous fallait une bonne heure pour y grimper et pousser les animaux dans l'herbe verte et grasse du printemps. Ce n'était pas comme ici où tout est sec, mais il me reste peu de souvenirs, l'âge efface un peu la mémoire chaque jour, heureusement que je peux encore rêver et imaginer, je me fais mes films ...

Il était dans son voyage au-delà des nuages blancs qui passaient au loin par-dessus la marbrière, loin dans ses montagnes d'Italie, et je ne pouvais participer à ce qu'il ressentait. Tout au plus en l'écoutant j'arrivais à capter un peu de ses petits bonheurs, un peu de ses souvenirs d'une enfance si lointaine déjà.

Sortant de ses rêveries, il regardait cet endroit dans lequel il m'avait conduit, comme si c'était une cabane secrète où le monde ne ressemble pas à celui du dehors. Le vent doux venu du sud, venait frapper doucement les falaises devant nous qui nous renvoyaient cette chaleur. Nous étions libres d'être là, heureux de passer ces instants au calme. Dans le bosquet devant nous, les feuilles des filaires à feuilles étroites tremblaient doucement sous la brise chaude et un couple de mésanges bleues qui ne nous avaient pas vu, s'était posé tout près dans un bouquet proche de chênes aux feuilles piquantes, qui pouvaient les protéger des prédateurs. Égayant nos silences d'une mélodie aux accents d'oiseaux du paradis comme Emilio aimait à le dire, tant ils étaient beaux et fragiles, les deux mésanges entamaient une conversation sonore si mélodieuse que nous n'osions proférer la moindre parole pour ne pas les effaroucher. Puis, un peu plus tard entre deux silences, il me confiait …

- Je suis bien ici, c'est plus petit, mais ça me correspond, ce n'est pas trop grand pour mes vieilles jambes et ce n'est pas trop loin de la ferme, avec tout ce qu'il y a à voir, je ne me lasse jamais.

Sa vie était là, dans des bonheurs simples, plein d'attention pour tout ce qui l'entourait. Il n'avait pas besoin du grand brouhaha des hommes pour être heureux, la civilisation de la consommation n'était pas dans ses gênes, il était économe de ses efforts et seul le temps avait fini par l'user doucement.

Se nourrir de légendes …

Un autre jour, descendant par un petit sentier, nous traversions des sous-bois de jeunes pins d'un vert si tendre qu'on aurait dit des bonbons. Nous prenions le chemin du retour après une longue évasion dans les pentes rouges, marchant lentement en regardant chaque plante, chaque caillou bizarre, chaque nuage qui passait dans le ciel au-dessus de nous. Le souffle lent et profond, nous avancions doucement, nous n'avions pas besoin de beaucoup parler, tout était naturellement rempli d'un calme bienfaisant et salutaire.

- À propos de mon enfance, je me rappelle un peu des histoires extraordinaires que notre grand-mère nous racontait parfois, à moi et à mon frère ...

- Vous aviez un frère ?

- Oui, un frère Cadet, Luigi, il est parti quand il était jeune, à peine vingt ans, pour vivre au sud de Naples du côté de Sorrento, il avait envie de soleil éclatant, il rêvait de richesse, il voulait vivre la "Dolce Vita" à sa façon !...

- Vous vous revoyez ?

- Non ... un long silence retenait ses mots, voilà quarante ans que nous nous sommes perdus de vue, pour des bisbilles familiales, mais ce ne sont que de vieilles histoires dont je ne me souviens plus trop pourquoi c'est arrivé, ni pourquoi tout cela a modifié le sens de nos vies. Aujourd'hui je regrette un peu de ne pouvoir rien changer à cela, je n'ai plus aucune nouvelle de mon frère, et je ne sais même pas ce qu'il est devenu.

Il reprenait son souffle, puis entamait ...

- Quand on restait auprès de la cheminée, je me rappelle que notre grand-mère nous racontait les soirs d'hiver, des histoires pleines de légendes de ses montagnes, avec la déesse Isis dont le fils Phaéton aurait construit Turin, la capitale du Piémont, et plein d'histoires avec de la magie, de portes des enfers et du Graal qui serait caché dans la région. Je me souviens que nous étions captivés, et nous n'avions jamais envie d'aller au lit. En plus le grand-père nous faisait quelques marrons grillés dans la cheminée, dont j'en ai encore le goût à la bouche.

J'écoutais son histoire avec envie, je rêvais comme lui de cette contrée montagnarde et sa vie dure à cette époque, et dans ses paroles je sentais qu'il avait envie de partager un peu de son enfance.

- Heureusement que j'ai connu cette époque … me dit-il, j'ai pu apprendre plein de choses en étant proche de la nature, et même si c'était difficile, il y avait parfois de beaux moments surtout quand on était en famille. Et puis toutes ces histoires de magie, de déesse, de diable et de loup m'ont apporté un imaginaire qui me fait encore vibrer quand j'y pense maintenant.

Depuis son enfance, il s'était nourri des légendes racontées par ses ancêtres, parti loin de sa famille, il n'avait pas totalement oublié ces histoires, peut-être les avait-il aménagées à son goût, les avait-il enjolivées. Il ne se souvenait plus exactement des mots que lui racontait sa grand-mère, la tradition orale s'était perdue aux confins de la modernité, mais il lui restait comme une peau, une carapace fine qui le protégeait du monde d'aujourd'hui, il savait rester en dehors de toutes ces turpitudes modernes qui ne lui faisaient pas envie, et c'est pour cela qu'il était si heureux d'être simplement là, au milieu de cette nature que je partageais un peu avec lui.

Nous avions fait un bon bout de chemin ensemble, et le sentant lassé de cette marche au travers des buissons et des rochers mal accrochés qui nous faisaient perdre parfois l'équilibre, nous remontions vers la route de Saint Antonin, heureux d'avoir pris l'air. Je le quittais au bord de la route avec le ferme espoir d'en apprendre un peu plus à notre prochaine rencontre.

L'harmonie des choses ...

Chaque fois que je revenais sur ces pentes que nous avions parcourues ensemble, j'avais une pensée pour ses histoires anciennes, ses légendes un peu vraies, un peu fausses qu'il me distillait au compte-goutte.

Sa vie, son histoire, sa gentillesse, tout cela me rendait heureux, j'apprenais chaque fois ce que la vie avait fait de lui, ce qu'il était devenu, cet homme si sage aux milles vies cachées, si chaleureux aussi. Je prenais alors conscience que sa vie n'avait pas été si simple qu'il voulait bien le dire, il puisait chaque jour dans cet environnement de nature brute et dans son passé, la force de se lever encore pour aller contempler ces merveilleux paysages d'une simplicité à couper court à toute discussion. Il se remplissait le cœur d'émotions simples, de vie, de beauté. C'était un homme de valeur, bien accroché à son existence qu'il trouvait désormais sereine, il n'avait jamais peur de dire qu'il n'attendait plus rien, sinon ces petits émerveillements de chaque instant, ces rencontres joyeuses. Il partageait son existence et offrait ce qu'il voyait de meilleur, comme si dans ses grandes mains remplies d'un immense paquet de bonbons colorés jaillissaient de délicieuses friandises venues du cœur. Il n'était pas avare de raconter, et de son histoire si riche, surgissaient des moments d'expériences savoureuses qu'il racontait avec beaucoup d'humour, parfois d'autodérision, tant il voulait cacher ce qui avait pu le blesser.

J'étais toujours empressé de connaître cette suite de petites péripéties, et quand je savais que nous allions nous voir, j'attendais impatiemment qu'il apparaisse dans mon champ de vision, comme si cela pouvait être la promesse d'un bon moment.

Nous étions à la mi-décembre, les vents d'Ouest avaient apporté leurs lots de nuages, le ciel bas charriait de lourdes nuées sombres pleines de pluie, l'air collait aux arbres cette humidité suintante, et les grands pins laissaient lentement dégouliner toute cette eau reçue du ciel, sur leur face exposée au Nord de leurs troncs plus sombres que le côté séché par les vents. Les branches agitées par les rafales, faisaient tomber une pluie drue sous la voûte des arbres, dans un bruit continu amorti par la couche brune des aiguilles des pins séchées au sol. J'étais parti, harnaché pour les jours humides, et pourtant une heure après, le vent avait chassé cette masse sombre laissant place à un beau soleil qui n'arrivait tout de même pas à me réchauffer. J'étais arrivé sur le sentier qui mène à l'oratoire près de la route, là où nous avions convenu de nous retrouver, en bas du domaine de Roques-Hautes.

La terre rouge mouillée par les pluies collait à mes chaussures et rendait mes pas lourds, les grandes bruyères arborescentes illuminaient le paysage de taches d'un rose violacé lumineux comme des bouquets de roses parsemés sur les pentes vertes, et je regardais l'horizon lointain se dégager lentement au-dessus des sommets, dans un ciel gris perle qui se défaisait lentement sur fond d'azur clair. Les teintes sublimes de ces gris renvoyaient une douce lumière sur la montagne, il se dégageait une ambiance de presque printemps, j'attendais patiemment qu'Emilio arrive.

Il venait une fois de plus par la route, prenait le petit sentier de traverse qui va directement à l'oratoire, marchant doucement vers moi.

- J'arrive dit-il, ça va moins vite aujourd'hui, j'ai un peu mal aux reins. Il marchait avec une main sur sa hanche gauche, sous sa veste il avait ceint une grosse ceinture de cuir élimé avec sa boucle de fer rouillé, au-dessus de son pull de laine. On sentait qu'il l'avait serrée pour atténuer ses douleurs et pouvoir marcher plus longtemps.

- Et bien ça va moins bien que l'autre jour ... lui dis-je pour essayer de lui faire oublier ses souffrances.

Grimaçant, il me tendait sa canne pour que je l'aide à monter le dernier raidillon. Nous nous sommes assis au pied de l'oratoire et regardant au loin, je le voyais perdu dans ses pensées.

- Mes douleurs de vieux reviennent, c'est encore cette satanée humidité ... et ce n'est pas aujourd'hui qu'on va courir là-haut, il ne fait pas assez beau. Il n'était pas triste de manquer cette promenade, ce sera pour une prochaine fois, disait-il, le regard déjà dans les hauteurs.

Le ciel se dégageait et le bleu cæruleum annonciateur d'un temps plus sec envahissait l'horizon. À nos pieds la terre coulait, mêlée aux filets d'eau de pluie venus d'en-haut, et inlassablement de minuscules cailloux blancs, ocres, et gris, mélangés à la boue, glissaient vers le bas, créant une marre rouge.

- Je connais des sangliers qui vont être heureux de se rouler dedans cette nuit, lui dis-je pour changer de conversation. Il opinait de la tête sans dire mot.

Laissant quelques secondes s'écouler dans le sablier des temps non comptabilisés, il reprenait la conversation à son avantage, et en quelques phrases me racontait une des aventures qu'il avait vécue dans sa jeunesse. Il voulait simplement me dire qu'en venant ici aujourd'hui, en marchant doucement, il avait eu tout le temps de se rappeler de petits événements qui lui réchauffaient encore le cœur. Il se souvenait notamment de cette fois quand il avait huit ans, qu'il était parti aux champignons avec son père dans les collines de son Piémont. En milieu de journée, ils avaient réussi à remplir un panier de ceps aux têtes bien rondes, de quelques pissacans jaunes qui poussent aux pieds des pins, tout juste bon à sécher et à mettre dans une assiette de pâtes, et de quelques girolles délicieuses qui ferait le régal de sa grand-mère. Il ne me parlait jamais de sa mère, et je n'osais pas faire le curieux, j'avais trop peur de faire surgir de mauvais souvenirs. Il me disait qu'il se voyait encore en train de dévaler cette pente aux longues herbes jaunies, couchées par le vent à l'orée du bois de hêtres, et qu'il avait glissé dans une flaque pleine de boue comme celle-là. Il riait encore, il avait encore en mémoire ce père qui se moquait de lui, alors qu'il était maculé de terre rouge et que tous les champignons de son panier flottaient sur l'eau de la flaque. Il sentait encore les gestes empreints d'amour de ce père qui le nettoyait avec une brassée d'herbes sèches et qui l'embrassait pour le réconforter. C'était une histoire simple, d'une telle simplicité empreinte de joie et de vie, une de de celles qui vous marque à jamais parce que l'amour paternel vous garde une place au paradis, parce que cet amour vous a été donné sans contrepartie, et qu'il révèle la vraie nature d'un homme aimant.

Il avait dans son regard gris, une larme de bonheur qui perlait et faisait briller ses pupilles, ce souvenir il me le confiait comme on donne un trésor. Je restais silencieux, partageant ces quelques secondes suspendues dans un temps extraordinaire. Faisant ce retour en arrière tout en me confiant le plus beau de son enfance, il me donnait à sa façon, espoir et force dans l'avenir, il était le lien entre la nature que l'on regarde et les forces qu'elle dégage, il était plein de ce que je définirais comme un harmonieux trait d'union entre vie d'avant et aujourd'hui, entre nature et contraintes, et il savait surtout être le porte-parole d'une vie qui passe et que l'on doit accepter. Là était pour lui, toute l'harmonie des choses essentielles.

Vivre son temps ...

Cette sagesse des anciens, il la véhiculait en lui, il ne se vantait jamais de ses faits, il prenait le temps de regarder en arrière et savait apprécier à sa juste valeur ce que la vie lui avait réservé.

Il se tournait vers moi, plantait son regard dans le mien et me dit …

- Merci de m'écouter, j'aime bien raconter mes histoires, ça me fait du bien, et si je ne devais les raconter qu'à moi, ça n'aurait aucun intérêt.

- Merci à vous de me dire tant de belles choses, je pense que nous avons les mêmes envies, les mêmes joies aussi, c'est un plaisir pour moi.

Nous étions en accord sur le fait d'être là, à nous conter nos vies par le petit bout de la lorgnette, c'était en fait une thérapie qui nous réussissait.

Sachant que nous n'irions pas loin aujourd'hui, je lui proposais de redescendre par le petit sentier à travers les arbres. Il y avait bien un peu de boue, mais tant pis, c'était pour le plaisir de ne pas marcher sur la route. Le ciel était redevenu opalescent, le gris se fondait en transparences légères sur fond de bleu, celui de l'hiver humide. Il me semblait que la journée durait longtemps, coulant doucement comme l'eau d'une grande rivière, nous emportant comme deux fétus de paille, légers, aériens, sans consistance, tant j'avais l'impression de ne plus exister, même mon sac à dos ne pesait plus.

Je le regardais avancer lentement, il s'arc-boutait plus que d'habitude sur sa canne, mais ne disait mot. Derrière nous, dans le gris d'un gros nuage, le soleil bien pâle laissait paraître un peu de son disque blanc, éclairant son pourtour cotonneux d'un liseré blanc éclatant. Le vent était tombé d'un coup, les nuées n'avançaient plus dans le ciel, et entre nous et le lointain paysage livide de la montagne, une nuée de sansonnets criards dansait la gigue au-dessus d'un bouquet de pins sortis de la roche comme par magie.

Il y en avait tellement qu'on aurait dit un nuage vivant, qui se forme et se déforme suivant les courants d'air et toujours dans un brouhaha indescriptible.

- Vous savez quand j'étais gamin, on les chassait aussi, il nous arrivait de les manger quand il n'y avait rien d'autre, ce n'était pas très bon dans mon souvenir, et mon père disait qu'il ne fallait pas les manger au moment de la récolte des olives, ils deviennent amers. Mais dans le temps, on ne mangeait pas toujours que du bon, et mon père n'était pas un grand chasseur. Comme on dit « faute de grive, on mange du merle », et bien nous c'était des étourneaux !!! …

Il me ramenait à mes propres souvenirs d'enfance, quand nous mangions tous les jours du poisson blanc que mon père prenait à la rivière, c'était une époque difficile pour tout le monde, nous vivions de peu, la viande était un luxe, et le poulet rôti du dimanche une fois par mois avait une saveur particulière, un goût de fête. À cette époque il n'y avait presque pas de voiture, pas de télévision et les journaux étaient rares. La nature était notre seule salle de spectacle et d'aventures.

Je regardais la montagne sous les vaporeuses volutes du ciel gris, elle semblait se perdre, s'évanouir, ses reliefs étaient moins visibles qu'à l'habitude sous le soleil de plomb. Je regardais Emilio, il me devenait de plus en plus indispensable, quasi familier, sa compagnie était comme un enchantement dans une journée, même pour quelques minutes seulement.

Une idée passablement folle me vint à l'esprit et je lui demandais :

- Emilio, est-ce que ça ne serait pas mieux de se tutoyer depuis tout ce temps que nous venons à marcher ensemble ?

- Je pensais la même chose depuis la dernière fois me dit-il, on n'a pas besoin de se faire des salamalecs entre nous, et puis ce sera beaucoup plus simple de se parler directement, le vous, c'est compliqué, ça m'oblige des fois … et puis le tutoiement, c'est à la mode entre gens qui se comprennent et qui s'apprécient !

- En quelques mots, il venait de me dire simplement qu'une amitié se construisait entre nous, que nous pouvions converser et partager simplement nos points de vue, il n'avait comme moi, plus le temps de s'embarrasser de politesses incongrues. La vie nous avait fait rencontrer sur les mêmes chemins, elle nous portait vers des joies identiques et nous étions comme de vieux amis en cours de conversation perpétuelle, nous pouvions partager au plus simple tout ce qui nous importait désormais.

Respirer les effluves des démons souterrains ...

Le sentier que nous avions pris, ce jour de fin décembre, longeait la route qui suit la chaîne au sud, il nous permettait d'avoir une vue d'ensemble sur la montagne sans avoir trop de recul. Ce chemin, contrairement à la route, faisait partie d'un tout. Il avait été foulé depuis des années par des générations de paysans qui venaient entretenir les quelques oliviers accrochés sur le plateau, avant que les touristes ne les empruntent sans les entretenir, et avant le grand incendie il devait sûrement permette de passer au travers d'une grande forêt de pins comme ceux qui sont restés au Tholonet ou aux Espinades en dessous du barrage Zola. Après une petite demi heure de marche lente, nous arrivions du côté de Plan D'en Chois, le ciel s'était dégagé, de gris il était devenu bleu, du bleu léger de la Provence des jolis jours, et Emilio marchait mieux, était-ce sans doute l'effet des mouvements répétés qui nous avaient réchauffés. Il prenait un petit chemin un peu pentu, qui grimpait vers une crête grise de roche délabrée, il s'appuyait sur sa canne, parfois posait un genou à terre, pour mieux s'accrocher, mais ne voulait pas que je l'aide, il avait une idée en tête. Il posait ses pieds avec précaution sur la roche érodée, faisant attention à ne pas faire rouler de cailloux vers moi, et surtout prenant moult précautions pour ne pas glisser en arrière. Arrivés en haut, un paysage grandiose se dévoilait à nous sur la partie rocheuse de la montagne, sous la croix.

- J'aime bien venir ici, le bout de chemin qui est là et qui redescend vers chez moi est facile à faire, et en plus il est dans la partie que je préfère, où le paysage est plus grand qu'ailleurs. Regarde ! … Me dit-il, là-haut près de la croix les nuages sont partis, le vent les a dissipés, il va faire beau et on va pouvoir profiter d'un rayon de soleil.

Nous nous sommes assis sur la barre de roche grise sous le bouquet de chênes verts et l'un à côté de l'autre nous contemplions le soleil qui faisait miroiter les diverses facettes des falaises, au fur et à mesure que les nuages laissaient passer une lumière plus vive.

- C'est beau ici, dit-il en enlevant son chapeau paysan à large bord qu'il avait mis pour seulement un peu se protéger du vent, il se dégage ici une force terrible dans le combat entre l'azur des dieux et la terre du diable qui nous porte. Le ciel s'évanouit aujourd'hui, mais quand il est en colère et qu'il déverse ses torrents d'eau en continue, on a l'impression que la montagne s'élève, les terres rouges s'écoulent sous les flots de pluie, et les rochers lavés semblent gagnants dans cette grande partie de chamboulement, on dirait presque qu'ils sortent de la terre comme des monstres préhistoriques.

Il avait une imagination débordante, il parlait de sa terre comme s'il avait toujours été là, qu'il la surveillait, qu'il remarquait tous les changements.

- Depuis les incendies, il y a beaucoup d'endroits qu'on voit mieux maintenant, mais le revers de la médaille c'est qu'ils sont plus exposés aux intempéries et les terres se ravinent.

Il me parlait de ses petits chemins qui n'étaient pas cette grande saignée faite à coup de génie civil qui traverse toute la montagne, il me disait qu'il fut une époque où souvent il était seul à aller au-delà de la forêt pour admirer les falaises. Je sentais qu'il avait une admiration sans fin pour cet endroit, qu'il y venait si souvent que j'avais le sentiment qu'il parlait à la montagne, qu'il la choyait du regard, regardant les avanies du temps lui blesser les côtes, regardant la beauté des terres rouges s'étaler en écharpes colorées autour des roches grises. Je me rappelle que c'est souvent qu'il me disait qu'il avait le sentiment de comprendre cette terre ancienne, il la comparait à un animal ancien, blessé, mais fier d'être toujours au-dessus de ce monde. Pour lui le cours de la vie est ainsi fait de changements en bien et en mal, mais la nature parvenait toujours à retrouver ses marques, à repousser ses limites malgré la bêtise humaine. Sans doute faisait-il allusion aux incendies irréparables pour de longs temps à venir.

- Quand je viens ici, surtout quand le temps s'y prête, je vois les collines bouger, elles s'habillent de lumière, font frémir leurs habits d'arbres verts et je sens l'odeur de la terre qui monte du plus profond des ravines. C'est comme s'il y avait un grand dragon gris qui secouait ses écailles en dessous, dans ses réveils pleins de soubresauts, il fait bouger la terre de sa tanière et renverse les roches qui viennent jusqu'ici. Lorsque le soleil a bien chauffé les pierres, et quand je pose la main dessus j'ai l'impression de caresser la peau rugueuse du monstre, mais je sais que je l'apaise et qu'il ne va pas bouger.

Pour moi, Emilio était avant tout un conteur, un passeur de légendes et de belles histoires, il habitait sa montagne comme s'il habitait sa maison, tout lui était intime, tout y vivait dans une harmonie que seule son imagination pouvait me raconter. J'étais comme un enfant, en l'écoutant, j'aimais sa façon merveilleuse de voir les choses avec cette innocence puisée dans sa vie passée, dans son enfance extraordinaire, dans ses autres montagnes qu'il avait aimées avant tout, il m'emmenait dans des moments de rêves éveillés dans cette façon d'appréhender sa vie sans excès.

Prendre la vie à bras le corps ...

Il avait une sagesse ancestrale chevillée au corps, les modes de vie d'aujourd'hui semblaient ne pas l'affecter, et j'aimais l'entendre parler de son univers. Il ne portait pas attention à son apparence.

Il me disait alors que ses habits n'avaient aucune importance, ils le protégeaient du froid ou du chaud, et comme il ne sortait pas dans la belle société, il s'en fichait totalement qu'on le trouve élégant. C'est vrai que parfois il aurait pu mettre la bonne veste qui va avec le temps qu'il fait, mais avant tout il sortait pour se sentir vivre, et ses vêtements n'étaient pas faits pour être vus, il n'allait pas à la fête du village en bas. Chaud ou froid, rien ne l'atteignait, il était dans la nature comme on est chez soi, ou dans son jardin. Depuis plusieurs jours, il avait toujours cette redingote épaisse, tissée avec de la laine, une veste paysanne à cinq boutons ronds et usés, et comme il aimait dire il se sentait bien dedans, il y faisait chaud, et elle coupait efficacement le vent. Il venait de fermer le dernier bouton de son col, pour mieux se protéger du vent du nord qui se levait entre les collines. On sentait que le temps allait changer.

- Ah ! ... ça va se rafraîchir, le vent venait du Sud-Est et il tourne au Nord, en plus il remonte le long des pentes, demain ce sera du mistral ... Il regardait le paysage plus loin, il ne voyait plus une montagne, il voyait sa vie défiler comme s'il faisait des promenades dans un lieu où toute son enfance avait pris force. Il s'était levé doucement, prenant sa canne en main gauche, il cueillait de sa main droite un brin de thym qu'il se mit à mâchouiller pour le plaisir du goût et de l'odeur.

- Tu sens cette odeur, c'est toute mon enfance sur les collines et le plateau du Cengle, à chaque fois que je courais dans les herbes, j'avais cette sublime odeur qui me suivait, aujourd'hui je l'aime toujours autant. Je me souviens qu'avec mon père, on allait parfois cueillir exprès du thym et de la sarriette, on montait un peu plus haut juste au-dessus de la barre brune, il y avait là des thyms très ras, accrochés entre les rochers, couchés par les vents, ils avaient un bois dur, des feuilles toutes petites, mais quand tu le cueillais il avait un parfum unique, fort et doux en même temps, comme celui qu'on offre aux femmes pour qu'elles sentent bon. J'adorais cette odeur, elle m'enivrait. Ce thym me rappelle ces jours heureux où mon père avait réussi à prendre un lapin avec ses collets, c'était jour de fête, on se régalait comme si on avait été au restaurant. Il le faisait cuir au feu de bois, avec une broche faite à la va-vite dans une branche de vieux noisetier bien dur, comme faisait l'ami espagnol de mon père, et on le mangeait sec, il n'y avait pas de sauce, le peu de gras avait été brûlé en tombant dans les braises et le goût des herbes embaumait la viande. Un goût génial. Maintenant il reste le thym qui s'accroche tant bien que mal à cette roche qui se défait là-haut, mais des lapins, je n'en vois plus … Un instant de nostalgie traversait son esprit, il avait vécu des moments d'une intensité rare, ses souvenirs remontaient au gré de nos conversations, mais il ne me disait pas tout. Je percevais dans son regard, dans ses gestes, comme un regret de ce temps passé qu'il ne pouvait pas retrouver, il semblait garder au plus profond de lui des secrets plus lourds qu'il n'avait pas envie de partager pour l'instant. Le vent froid devenait plus soutenu, il marchait juste quelques pas devant moi, et je sentais encore cette odeur de thym sauvage qui le cernait. L'air trop vif allait nous donner toutes les bonnes raisons pour cesser notre promenade commune, il désirait rentrer vite maintenant. Le chapeau vissé sur le crâne, il me saluait cordialement et reprenait sur la gauche un petit chemin de terre beige, qui filait entre les petits chênes entremêlés de grandes bruyères. Les jeunes pins encore vert clair, laissaient leurs dernières pousses se balancer au vent, agitant le paysage de mouvements désordonnés en fonction des rafales, la montagne resplendissait dans ses couleurs acier, et le ciel lui faisait un écrin comme pour donner raison à Emilio qui venait de me quitter. Je regardais une dernière fois cette splendide vue, j'avais appris ici qu'il avait la vie bien accrochée au corps, viscéralement il aimait ce qu'il voyait, ce qu'il ressentait, et il n'y avait aucune raison que cela change et je comprenais que lorsqu'on est heureux quelque part, rien ne peut vous atteindre sans que l'on puisse rebondir.

Repousser les mauvais souvenirs, le fils perdu ...

Dans ce qui semblait être des jours sans lendemains précis, nos vies éloignées dans deux mondes différents, ne se télescopaient pas, je vaquais à mes occupations au jardin, regardant de temps à autre les ciels brouillons, sans aucune envie de sortir. Parfois un rayon de soleil glissait un peu de lumière entre les nuages, éclairait violemment le haut des pins qui devenaient alors vert clair comme l'anis des bonbons savoureux de l'enfance. Je savais qu'il était là-haut dans sa ferme, jardinant un peu lui aussi où prenant tout son temps pour faire ce qui devait être fait. Les jours de pluies clairsemées passaient les uns derrière les autres, des cohortes de nuages informes s'empilaient sur la montagne crachant de multiples averses dont on n'avait pas envie, et toute la nature baignait dans une vague et étrange lumière diffuse.

Pourtant après deux longues journées sombres, le ciel se dégageait dès le matin, et le bleu s'installait partout d'Ouest en Est, redonnant vie aux monts et collines. Les mésanges qui s'étaient bien cachées pendant les pluies, ressortaient en passant gaillardement de branche en branche à la recherche de quelques larves et insectes. Il faisait beau. N'y tenant plus, je prenais la route que je connaissais par cœur, depuis Pourrières en passant par Puyloubier, pour rejoindre les chemins d'escapade qui nous faisaient tant de bien. En passant je m'arrêterai à la ferme où je savais le trouver.

Arrivé sur la route qui traverse le plateau du Cengle, je passais le portail métallique rouillé de sa petite propriété, suivais le chemin gratté sur la roche et je le trouvais de l'autre côté du bâtiment. C'était un corps de ferme à l'ancienne, sans fioriture, dans le temps il n'y avait que quelques pièces contiguës pour abriter les hommes, les bêtes parfois, le foin et les provisions pour les hivers rudes. Les tuile anciennes, remplacées au coup par coup après les tempêtes, faisaient comme des taches dans l'unité de ce grand toit allongé. Au centre, une cheminée de pierre laissait filer sous le vent un mince filet de fumée, c'était le signe qu'il y préparait quelque grillade, ou quelque soupe qui devait cuir depuis le matin. Il était assis sur une vieille chaise paillée à l'entrée de la maison, là où le soleil donne. Il faisait presque chaud de ce côté qui donnait sur le sud, vers le bord du plateau du Cengle. Habillé de son éternel pantalon de velours, il avait eu la coquetterie de mettre une chemise à carreaux comme celle des trappeurs d'Amérique qu'il ne connaissait pas, et pour tenir le pantalon une paire de bretelles aux embouts en cuir, que l'on devinait être très anciennes, avec les coutures faites de gros fil beige.

- Bonjour Emilio, je passais juste faire une promenade, il fait beau, alors je pensais qu'on pourrait y aller ensemble …

- Ah oui … bonjour, bonne idée, mais avant tout je vais ranger ces quelques photos anciennes que je regardais en me chauffant le dos au soleil. Aujourd'hui, il fait meilleur qu'hier et je commençais à m'ennuyer, je ne suis pas sorti depuis les premières pluies, alors je m'occupais, je regardais quelques souvenirs. Il avait la voix couverte, un peu grave et abîmée de celui qui ne veut pas trop montrer qu'il est en peine, qui ne peut plus pleurer, mais qui se laisse envahir par des sanglots profonds contenus depuis trop longtemps.

Il remettait tranquillement ses images dans une boîte en fer, peinte comme dans le temps, avec des points de rouille et des éclats sur les bords. Elle avait sûrement contenu des biscuits, c'était une boite à l'ancienne aux charnières tordues et usées, comme celles dans lesquelles on gardait de petits trésors personnels sans valeur pécuniaire. Ses grandes mains s'agitaient pour les ranger les unes au-dessus des autres, évitant de les abîmer, il semblait tant y tenir. Je le regardais faire comme si chaque image était importante, comme si c'était tout ce qui lui restait de sa vie d'avant. Une de ces photos étaient tombée au sol, je voyais qu'elle représentait un jeune homme aux beaux cheveux ondulés, bien peignés, habillé d'un pantalon beige et d'un pull jacquard dans les mêmes tons semblait-il. Il était photographié dans un jardin devant la montagne, celle -à même dans laquelle nous allongions si souvent nos pas. Elle devait avoir beaucoup de signification pour lui. Emilio souriait et cette photo me rappelait des instants passés que j'avais moi aussi en mémoire, des photos de mes parents, au moment de leur rencontre. Ces images sans couleurs, bistrées, aux bords dentelés et usés, avec des traces de doigts, me refaisaient plonger soixante-dix années en arrière …

- Tiens, tu en as une sous ta chaise, fais attention à ne pas marcher dessus.

Il venait de voir que j'avais remarqué ce qu'il y avait sur la photo, il comprenait tout à coup que j'avais envie de savoir. Il ramassait la photo jaunie, et me la tendit d'une main un peu tremblante ?

- Ce sont de vieux souvenirs, j'y tiens, car c'est tout ce qui me reste et à mon âge il y a peu de chance que cela change. Tu vois j'étais en train de penser à mon fils quand tu es arrivé, le gamin il avait dix-sept ans sur cette photo, il était toute ma fierté. Je pensais qu'il resterait là avec moi, pour continuer la ferme, vivre aussi de la terre, je pensais qu'il ferait une belle propriété qui nous aurait rendu fiers de notre travail, mais il a choisi les études car la terre c'est trop dur, et il est parti vivre aux Amériques, il voulait être ingénieur.

- As-tu de ses nouvelles ? Lui demandais-je discrètement, je ne voulais pas le forcer à dire, je me sentais un peu coupable d'entrer dans son passé.

- Hélas, la vie moderne me l'a arraché des bras, il est parti, lorsque nous nous sommes séparés sa mère et moi, il a réussi sa vie semble-t-il. Il revenait bien tous les deux ou trois ans pour une petite semaine de vacances et nous faisions de grandes balades sur nos chemins, et depuis une vingtaine d'année nous avons perdu contact, je ne sais même pas où il habite, je ne connais pas son monde. Maintenant que je suis seul, il me manque et lui m'a oublié. J'aimerais bien savoir ce qu'il est devenu mais je ne sais pas comment le retrouver.

Il avait une larme qui descendait doucement sur sa joue, je sentais en lui une grande lassitude, celle des vieux jours quand on est devenu seul, lorsqu'on se sent abandonné, si faible quand on n'est pas ensemble.

- Viens me dit-il, on prend un verre d'eau et après on y va, ça me changera les idées, car avec le mauvais temps j'ai tendance à broyer du noir … Je venais de prendre comme une gifle, je me mettais un peu à sa place, car cette solitude dans l'abandon, je la craignais plus que tout. Je lui rendais sa photo qu'il mettait religieusement au-dessus des autres, il refermait la boite avec précaution jusqu'à entendre le bruit sec de fermeture, puis remettant la boite en fer sur le bord de la cheminée, il enlevait la vieille bouilloire sur le feu, remettait une petite bûche, prenait son sac, son chapeau, sa canne et nous partions vers l'Ouest là où le soleil va se coucher et nous offrir de belles couleurs.

Le monde comme il tourne …

Le soleil donnait doucement en ce début d'après-midi, la chaleur de l'air nous enveloppait, une impression de bien-être comme dans une journée de printemps, nous laissait présager que les jours à suivre seraient enfin plus agréables. Arrivés près du parking du Bayon, nous décidions de quitter le chemin tracé et nous nous enfoncions dans les taillis de chênes et de jeunes pins qui barraient le paysage pour aller de l'autre côté de la crête qui nous masquait la montagne, pour aller à la marbrière. Nous marchions lentement sur le plateau d'herbes sèches, un cheminement tracé par le passage des sangliers nous guidait au travers du champ jauni par les vents, l'herbe couchée crissaient sous nos pieds et dans un long silence consenti nous avancions sans nous parler, sans même penser à autre chose qu'à aller plus haut. Les nuages sur la chaîne rocheuse accrochaient des volutes blanches qui partaient en tous sens au gré des courants ascendants puis disparaissaient dans l'atmosphère comme par enchantement. Le bleu du ciel se nourrissait de ces nuages et dans son éclat intense arrosait toute la montagne d'une teinte acide et froide. A quelques centaines de mètres, à l'orée du bois de jeunes pins, un chevreuil broutait tranquillement l'herbe fraîche, nous regardant d'un œil un peu inquiet et alors que nous avancions doucement fit trois sauts élégants et disparu dans le sous-bois.

Emilio s'arrêtait tout net ... il était encore dans des pensées, de celles qui ne vous quittent pas et qui vous obligent à trouver des réponses ou des solutions.

- Tu sais, me dit-il, aujourd'hui je ne pensais pas sortir, je n'avais pas trop envie, heureusement que tu es venu, ma journée sera plus agréable dans les collines plutôt que tout seul chez moi, et marcher ça fait du bien à la tête il me semble... il semblait jaillir d'un autre univers, la nature le dopait comme si l'oxygène lui donnait des forces, il me regardait de son regard enfantin plein de bonheur et de curiosité, il agitait ses mains pour parler, enlevant son chapeau, le secouant contre son genoux avant de le remettre en place avec un sourire.

- Ce matin je n'étais pas en forme, mes vieilles douleurs et le mauvais temps de la veille me rappelaient que le temps passe trop vite. Et puis ces vieilles photos elles me disent que j'ai eu une autre vie que celle d'aujourd'hui, tu as vu comme il était beau mon fils sur cette photo ! Je regrette tant maintenant qu'il soit si loin, il est devenu un « estranger » comme on dit ici, et pourtant c'est mon fils.

Je sentais de la fierté dans ses paroles, un peu d'amertume aussi, le temps était passé par là, avait tout englouti, balayé aussi tous les bons moments, et ne laissait plus que des traces diffuses dans sa mémoire. Tout en marchant il refaisait un peu de son ancienne vie avec moi, y retrouvant quelques bonheurs dans les lointains souvenirs des jours heureux. Nous avancions maintenant sur une crête rocheuse au-delà de la forêt que nous venions de traverser, le soleil chauffait la roche depuis de longues heures maintenant, et l'air chaud remontait doucement vers nous. La montagne illuminait tout ce qui nous entourait d'une lumière blanche, le chemin de terre suivait la pente douce des roches, et arrivés tout en haut du premier escarpement, je m'asseyais sur la roche chaude en attendant qu'Emilio arrive.

- On va bien prendre quelques minutes lui dis-je, on ne fait pas la course ! et en plus c'est beau vu d'ici.

Nous avions devant nous toute la montagne, que de la roche grise sur fond de ciel bleu, à notre droite le village de Puyloubier laissait entrevoir ses toits entre la cime des arbres, lové dans son écrin de montagne on avait l'impression que le village était blotti confortablement dans un nid de nature, et à gauche le regard plongeait dans les lointains au-dessus de la ville d'Aix où quelques brumes sortaient encore des fonds de la vallée qui vous emmène encore plus loin par-delà les collines, jusqu'à la grande mer bleue.

- Peut être que c'est moins grandiose ici que du côté de Saint Antonin, mais finalement c'est reposant, on peut y prendre plaisir, ce n'est pas fatigant et le temps nous permet quand même de voir assez loin.

- Oui, finalement on peut s'asseoir et les promenades, ce n'est pas fait pour se fatiguer me dit-il en s'asseyant aussi.

Il soufflait un peu, il regardait les lointains bleutés de sa Provence, par-delà l'horizon il voyageait au pays de son fils.

- Tu sais, me dit-il, en entrecoupant ses phrases il faisait durer le temps, il ménageait ses effets. J'aurais toujours rêvé d'aller le voir là-bas dans ce foutu pays des aventuriers. Peut-être que moi aussi j'aurais trouvé une place, et puis je parlerais comme eux en anglais, et mon fils m'aurait aidé, mais ça c'est du rêve, ça ne s'est pas passé comme ça. Il avait enlevé son chapeau et le regard planté sur ses pieds, il reprenait … Je suis un doux rêveur mais j'aime ma terre plus que tout, elle me porte depuis si longtemps que je ne me voyais pas vraiment partir ailleurs. Ça ne doit pas être facile de changer toute sa vie d'un seul coup. Je comprends ce que mon fils a voulu faire, il était sûrement seul dans sa tête quand sa mère nous a quittés, il a pris une décision d'homme. Mais voilà, nous nous retrouvons chacun seul dans un bout de ce vaste monde. La vie ne fait pas de cadeau… il venait de prendre quelques petits cailloux blancs dans ses mains, il les tournait dans tous les sens puis les lançait un à un vers le bas de la pente.

- Tu vois eux non plus ne saurons plus où ils seront, je les lance au hasard et ils vont être ailleurs, loin de ce rocher qui les a faits naître ici, ainsi va notre vie. C'est pareil pour tout le monde. Je ne m'attendais pas à cette leçon de vie, il parlait un peu pour lui, je ne savais plus s'il s'adressait à moi ou s'il continuait ses réflexions. Dans cet instant précis, j'appréciais cette lucidité qu'il avait sur sa vie sans avoir de regrets, sans en vouloir à personne.

Une pie grièche venait de se poser non loin, elle s'était accrochée sur un vieux bouquet de branches mortes noircies et cassait quelque chose en frappant de son bec. La vie dans le massif était plus forte que nos conversations, nous pouvions regarder en arrière dans nos passés, rêver à d'autres possibilités, le courant du temps immédiat nous reprenait au travers de petits riens comme cet oiseau gouailleur qui criait sur sa branche sans nous considérer.

Sentir la terre bouger ...

Nous étions comme absorbés par nos pensées, chacun repensant au bout de terre sur laquelle il vivait, chacun réfléchissant à son propre sort, et rien autour de nous ne changeait. Il n'y avait pas de coup de baguette magique pour effacer le passé, les buissons vibraient sous le vent, les nuages passaient dans le ciel, la montagne ne changeait pas, nous n'étions que quelques âmes pensantes au milieu de cette belle nature.

Nous n'avions pas de projet immédiat et comme à chaque fois que nous nous retrouvions, nous prenions le temps de regarder, nous partagions quelques idées, des souvenirs nous revenaient, des souvenirs erratiques pris dans le fil de notre temps, des pensées pour nos familles, pour nos vies enfouies, enfuies aussi, et nous nous délections des bons moments de chacun.

Malgré ces partages, nous avions des jours si différents, des vies tellement éloignées l'une de l'autre que nous ne pouvions que regarder par-dessus l'épaule de l'autre pour essayer de comprendre. Mais nous faisions le même constat, toujours d'accord sur les finalités de ce que nous pouvions vivre et donner, et que la vie n'était qu'un passage.

- Tu sais ... je ne suis pas triste quand je pense à mon fils. Je suis plutôt fier qu'il ait accompli son destin à sa façon, c'est un homme libre maintenant. Je sentais tout de même qu'il avait quelques peines à prononcer clairement ses affirmations, il lui restait toujours en fond de pensée, ce doute que tout homme peut avoir - Avait-il bien fait quand il en était encore temps ? N'aurait-il pas pu le garder plus longtemps auprès de lui …

- Chacun accomplit son destin, lui répondis-je, et puis nous ne pouvons pas tout gérer, la vie se charge de nous emmener là où il le faut, et après les enfants font aussi leur vie comme ils l'entendent. Rien n'est jamais définitif, il faut s'adapter...

Il s'était levé tout doucement comme à l'habitude, il prenait le temps de se mettre en ordre de marche, il remettait son chapeau, prenait sa canne, faisait un tour d'horizon comme pour se repérer, puis repartait sur le chemin qui descendait chez lui.

- Tiens ma canne, je vais descendre le rocher et je ne voudrais pas glisser, c'est bien quand tu m'aides disait-il en riant … Il reprenait son équilibre et bien campé sur ses jambes il regardait entre les arbres vers un lointain que je ne voyais pas. Je le sentais absorbé dans une vision de quelque chose qui avait attiré son attention. Regarde me dit-il … là-bas il y a dans le ciel une buse qui tournoie sous le gros nuage, j'adore quand elle se laisse porter par les vents ascendants …

- Tu as de bons yeux, j'ai du mal à la voir …

- Là, juste sous le gros nuage, comme un petit point noir, elle tourne. Il avait vraiment vu ce qui m'avait échappé, il avait ce sens de la nature comme ancré dans ses veines, il voyait tout ce qui bougeait, la vie animale faisait partie de sa propre existence et ses sens en éveil captaient en permanence tout ce qui pouvait se passer, rien ne lui échappait.

J'étais captivé par cette facilité à débusquer l'événement que personne ne voit habituellement, lui percevait chaque mouvement des branches, des oiseaux, du vent, il ressentait le temps, et le changement des saisons n'avaient aucun secret pour lui.

- Tu vois on vient de descendre de ce rocher millénaire, et bien quand j'y pense ça me fait bizarre, toute cette opposition entre le vivant animal qui meurt si vite, et cette minéralité profonde qui reste immuable par rapport à chacune de nos vies. Des fois je me sens petit, quand je marche sur les rochers et les chemins, j'ai l'impression d'être une petite fourmi perdue au milieu de ce vaste paysage.

Il était passé du ciel à la terre, comme du coq à l'âne, et sa conversation s'était attardée sur le sol, ses profondeurs, ses formes, il y voyait comme une autre vie là où chacun n'aurait vu que la montagne.

- Chaque fois que je marche sur les roches nues, j'ai l'impression de monter sur le dos d'un animal sauvage, et j'ai l'impression de sentir qu'il peut bouger. J'ai cette impression depuis presque toujours. Je me rappelle quand j'étais petit, avec mon père nous étions partis chasser quelques merles et on avait posé des collets, un matin de très bonne heure dans les collines derrière la maison de mon grand-père dans le Piémont. J'étais assis sur un rocher et j'ai senti la terre bouger comme si elle voulait glisser, tous les rochers tremblaient et j'étais resté muet d'inquiétude. Mon père s'était relevé et m'avait rassuré, il disait que la terre était vivante et qu'elle bougeait son dos pour se rendormir. Depuis, j'ai toujours cette image dans ma tête, je m'en amuse, mais je sens que cette terre me parle.

Il regardait les rochers autour de nous, rien n'avait bougé, et pourtant il me disait qu'il entendait le sol gronder sous ses pieds, il ressentait comme une onde qui lui parlait, qui parcourait les veines de la terre profonde, cette terre qui vivait et qui nous portait quelques temps. Il avait bien ce sentiment que l'éternité n'était pas faite pour lui, il n'était qu'une infime partie de ce vaste monde que son fils parcourait si loin de lui, mais que cela était comme ça, et qu'il fallait s'en contenter.

Ce jour-là, nous nous quittions décidés à finir cette année chacun de notre côté et à nous retrouver plus tard sur les chemins boisés, la nature nous attendrait pour nous réserver d'autres splendeurs, d'autres surprises.

Accepter et regarder vers l'avenir ...

Décembre était passé, les jours les plus courts m'avaient éloigné de la montagne, et je me languissais de retourner vers ce qui me manquait, la roche, les pentes, les falaises, les ciels nuageux, l'azur et les forêts, autrement dit ma Sainte Victoire. Il faisait froid, les vents chargés de nuées opaques déversaient des trombes d'eau partout sur la région, et je m'étais résolu à l'absence de promenade, au silence des murs de la maison.

    Les premiers jours de janvier, quoique nuageux avaient pris le parti de nous laisser passer un peu de soleil, et j'en profitais pour reprendre mes activités favorites sur les flancs de la montagne qui depuis longtemps me tendait les bras. Je reprenais mes habitudes de l'an qui venait de passer et je me disais qu'il était grand temps de retourner m'oxygéner. Je décidais de faire ma première escapade au milieu des nuages, juste sous la croix au-dessus du Bouquet. En fin de matinée, je grimpais avec entrain le long chemin de terre qui coupait le bas de la montagne en deux, il y avait peu de nuages, blancs comme du linge neuf, ils ne s'attardaient pas sur les sommets, et se déchiraient rapidement dès qu'ils avaient dépassé les sommets les plus pointus. Les roches séchées par le vent d'Est avaient conservé leur couleur dense grâce à l'humidité ambiante, il n'y avait pas cette atmosphère que j'aimais tant, celle des doux printemps qui me faisaient rêver, les bouquets d'herbes gardaient leurs tiges sèches entre les cailloux, à moitié cassées ou pliées par les bourrasques.

    Arrivant par le chemin du haut entre les roches rouges, je voyais mon Emilio qui lui aussi profitait de cette belle journée d'hiver, sa haute silhouette se détachait sur fond de ciel bleu, il marchait avec la lenteur qui sied bien à l'âge.

    J'étais assis sur l'un des gros rochers que la montagne avait laissé descendre de là-haut, il faisait frais, mais j'étais à l'abri des courants d'air. Je regardais mon ami, mon collègue comme on dit ici en Provence, descendre doucement vers moi. Il prenait le chemin fait par tous les pas des mangeurs de falaises, sa canne bien plantée en avant à chaque pas pour éviter de glisser sur les cailloux roulants, et je remarquais qu'il avait gardé cette habitude des montagnards de ne pas poser les pieds dans le sens de la pente, mais légèrement de côté pour avoir un meilleur appui en descente. Je l'entendais souffler parfois, comme s'il avait envie de s'arrêter pour reprendre un peu de cette respiration qui lui manquait désormais. Il avait l'allure des marcheurs heureux qui prennent le temps de se promener et qui vivent l'instant de leur promenade comme un bonheur.

- Salut Emilio, tu as attaqué les hauteurs de bonne heure aujourd'hui, tu me sembles bien gaillard, Il ne m'avait pas vu jusqu'alors et sa surprise fut de courte durée …

- Oh je me doutais que tu serais aussi dans le coin … me dit-il, vu le temps qu'il fait tu as bien fait d'en profiter, dans les jours qui viennent on va pouvoir rester enfermés … Il retenait sa respiration quelques instants puis reprenait, je suis parti de bonne heure même avec le froid de ce matin, je voulais voir les gelées tout en haut, pour le plaisir, et j'ai bien fait car le vent est tombé et j'ai profité de quelques rayons de soleil près de la falaise. Je suis vraiment content de te voir après toutes ces fêtes. Il enlevait ses gants de laine grise, me serrait la main avec un appui chaleureux et s'asseyait à côté de moi. Il n'avait pas changé depuis ces dernières semaines, je le trouvais égal à lui-même, d'une humeur taquine et joyeuse, j'avais l'impression qu'il aimait retrouver ces moments de partage dans la nature.

- Je t'avouerais que je me suis un peu ennuyé pendant les fêtes et comme j'étais seul, j'ai fait un peu de ménage dans mes vieux souvenirs. Nos conversations d'avant m'ont donné le goût de regarder un peu dans mes vieilles boites pour faire du tri, dehors il faisait trop froid pour traîner tout seul mes guiboles sur les chemins, et auprès de ma cheminée j'étais bien. L'odeur du pin mélangé au chêne sentait si bon que ça me suffisait pour passer de bons moments tout seul dans la maison, et le temps est passé, lentement, si lentement, mais nous voilà à nouveau dehors …

- Je vois que tu n'as pas perdu le sens des réalités terrestres ! Il ne fait pas trop froid là-haut, lui demandais-je, je ne suis pas monté à cause du vent. Il était bien couvert, il avait une vraie habitude des intempéries, la peau légèrement tannée de son visage en attestait, il n'en souffrait pas.

- Non je me suis couvert pour ça, et en marchant il ne fait pas froid, juste le vent parfois qui pénètre jusqu'aux os, mais ce n'est pas important. On peut rester là aussi, j'aime bien ce coin à l'abri. Nous étions l'un à côté de l'autre, au milieu des rochers, sous un ciel quasiment bleu, la montagne resplendissait, l'air sentait encore le froid, de celui qui pique le nez, et nous avions l'air de vouloir refaire le monde à notre façon.

Il s'était assis, non pas pour se reposer, mais plutôt pour discuter. Il savait qu'il avait du temps devant lui et il y avait longtemps que nous n'avions pas passé quelques bonnes heures ensembles. Il regardait de temps en temps sa vieille montre à gousset qu'il gardait précieusement dans sa poche droite. Elle était attachée à une chaîne métallique sans valeur qui pendait à peine de sa poche, il la regardait simplement pour me dire que le temps passait vite et qu'il avait plein de choses à me dire.

- Au cours de nos rencontres j'ai appris aussi un peu à regarder en arrière, c'est toujours mon fils qui me manque depuis la dernière fois, mais ça c'est irrémédiable... tant qu'il ne sera pas revenu ! J'ai retrouvé dans mes boites en fer des souvenirs que j'avais enfouis depuis trop longtemps, où je le vois encore tout petit, que des bons moments ! Il y a si longtemps, mais rien que d'en parler avec toi, je retrouve du plaisir à y penser. Je me dis que des fois, on se fait du mal pour rien, les choses sont comme elles sont, parfois on ne peut même pas agir, le passé est là en tant que passé, rien ne peut le changer, il n'y a que la façon de le voir qui en modifie la perception.

Il avait dans son regard plein d'étoiles comme s'il avait retrouvé du bonheur, comme si son fils absent lui donnait encore de l'espoir, de la force dans l'attente, et il se souriait à lui-même en regardant vers le sommet de la montagne. La raison l'avait emporté sur le désespoir, le monde lui appartenait et il en faisait un peu ce qu'il voulait. Des jours entiers de solitude ne l'avait pas affecté, et les fêtes passées en solitaire ne l'avaient pas empêché de regarder sa vie avec douceur. Je sentais qu'il avait accepté tout ce qui lui était arrivé, il prenait le temps comme il venait, sans soucis du lendemain, sans regrets ni remords, sa vie était ce qu'elle était dans l'instant, il savait se contenter de peu. J'admirais cette détermination à passer outre les difficultés, et j'aimais cette façon si généreuse et admirable de regarder vers l'avenir, sans être dépassé, sans qu'il ne laisse ses souffrances le submerger. Il regardait encore sa montre, mais pour une tout autre raison, il avait remarqué que je m'étonnais …

- Tu n'aurais pas envie de faire un petit goûter, j'ai un peu de café dans ma musette et je sais que tu as sûrement encore quelques gâteaux secs dans ton sac … me dit-il l'air amusé.

Nous avons pris un certain temps pour partager ce premier instant d'une année que nous souhaitions belle. Il avait sorti sa petite bouteille thermos et me versait un café noir, très noir, très odorant.

- Qu'est-ce que c'est bon un café en pleine nature ! lui dis-je,

Il se versait le sien avec calme et comme religieusement, sans en perdre une goutte, portait sa tasse au bout de son bras vers moi, et dis en provençal …

- À l'an que ven ! et que cette année nous garde en bonne santé, des balades il y en aura plein à faire aux beaux jours …

Je le regardais en partageant son avis, il gardait en lui une foi inébranlable en l'avenir, il savait déjà que nous allions encore marcher sur les chemins. Il but son breuvage chaud en le tenant bien serré dans ses deux mains, comme pour se réchauffer, mais ce n'était pas ses mains qu'il réchauffait, c'était tout son être, son âme d'homme heureux qu'il réconfortait par ce geste, tout en regardant sa montagne. Il était pensif, le regard projeté au loin dans je ne sais quel horizon, j'avais l'impression de voir défiler un peu de ses pensées dans ce regard perdu. Après quelques longues minutes de cet intermède chaleureux, il rangeait son sac, reprenait chapeau, canne et gants et me saluant rapidement, me laissait à ma promenade. Bon je te laisse, j'ai des affaires en cours à la maison, quelques bricolages à faire impérativement avant que la neige ne tombe. Il me quittait sans autre forme de procès, et reprenait le chemin qui descendait vers la route.

Les violences du temps ...

Quelques jours plus tard, après cette période de pluies qu'il m'avait prédit, je revenais faire une promenade en solitaire dans les méandres des terres rouges au pied de la grande muraille grise, laissant à ma gauche la montée vers l'Oppidum, j'avançais sur le chemin étroit des grimpeurs. Le temps ensoleillé du matin, m'avait engagé à sortir de ma tanière pour une longue après-midi, et les premiers rayons de soleil filtrant au travers des nuages m'apportaient tant de satisfaction que je marchais allègrement sur le grand chemin tout en longues courbes entre les collines et les bosquets de pins. Sinuant comme un grand serpent qui prend son temps pour grimper vers les sommets, le chemin traversait le paysage fait de taches de soleil sur le vert des pins, ou de taches d'ombres au gré des humeurs du ciel. Il faisait encore froid, l'air venu du Nord-Ouest sifflait entre les branches des pins et les nuages couraient sur la montagne, traversant le ciel à toute vitesse. Le temps de faire quelques centaines de mètres vers les hauteurs, je me retrouvais dans un nuage dense, comme un brouillard. Le froid me prenait au travers du col, mes mains devenaient plus maladroites, l'air se chargeait d'une importante humidité et je voyais le temps changer de secondes en secondes. Les sommets au-dessus des deux Aiguilles avaient pris une teinte sombre comme l'enfer, les nuages laissaient leur colère s'épancher sur les pentes en une pluie dense et froide, dans un voile épais, prêt à se déchirer au gré des courants d'air violents, pour se reconstruire plus bas sur les pentes. Je contemplais tous ces mouvements atmosphériques où les nuées entremêlées de gris, de blanc presque bleuté, se mélangeaient aux nuages plus noirs et menaçants. J'étais comme abasourdi par tous ces excès, tous ces emportements du ciel, qui me laissaient parfois entrevoir les hauteurs entre ses voiles translucides. Tout changeait si vite, que d'un instant à l'autre plus rien n'était identique. Les nuages pris dans les tourbillons du vent s'éparpillaient sur les rochers, juste en dessous de la falaise du Garagaï et m'emportaient dans un rêve de tempête froide, j'étais frigorifié par cette coulée d'air venue entre les roches et tous les paysages habituels semblaient enfermés dans cette masse cotonneuse et grise. La roche humide perlait des gouttes de diamant quand un peu de lumière venait éclabousser entre les nuages, les herbes jadis sèches venaient à prendre des teintes marrons, jaune sale, vert abîmé aussi, elles semblaient sans vie, abandonnée aux démons de la terre. J'étais pris dans un désert de vent et de nuages et la froidure me piquait si fort les doigts que je devais vite abandonner mes envies de grimper plus haut, j'aurai tout mon temps quand il fera beau. Ces quelques heures dans la nature hostile m'avaient donné envie de trouver un bon feu de bois, la douceur d'une cheminée et je pensais à l'ami Emilio bien installé dans sa ferme ancienne tout près de l'âtre, les flammes du feu très certainement allumées tôt ce matin ronflaient dans la cheminée, il devait prendre quelques instants de repos …

Accepter les saisons …

Dépité par les froids et l'humidité de ce début de janvier, je restais cloîtré quelques jours sans penser à la montagne, elle me manquait. Je me décidais ce jour-là, à retrouver la nature quel que soit le temps, et c'est à mi-chemin entre les Deux Aiguilles et le Bouquet que je m'arrêtais pour couper court vers les chemins plus rocailleux qui montent au dernier oratoire sous la grande croix. J'avais depuis un moment envisagé de faire cette montée rapide pour simplement me fondre dans la montagne, sans autre but précis.

Je venais juste d'arriver sur le bas-côté de la route, et à peine descendu de ma voiture, je voyais arriver devant moi, la 2 CV Citroën d'Emilio. Une véritable antiquité, d'époque, au plancher rouillé, avec sa portière côté conducteur qui fermait mal, qui ne tenait que grâce à un gros élastique noir, sûrement un bout de chambre à air de vélo. Il se garait juste devant moi, et dans un beuglement de corne de brume qu'il avait lui-même installée, qu'il pressait convulsivement, il me montrait qu'il était content de me retrouver criant depuis sa portière … Je te rejoins ! Je n'ai pas envie d'être tout seul aujourd'hui, et me faisant signe de la main, je voyais bien qu'il insistait. Je le faisais rager en lui faisant croire que je ne savais pas si j'en avais vraiment envie.

Il ouvrit en grand la porte côté conducteur, descendit lentement, dépliant son corps lentement pour s'extirper des sièges un peu effondrés. Il avait prévu des chaussures de marche aptes à tenir sur la roche et j'en déduisais qu'il avait une féroce envie d'aller un peu plus haut et plus loin que d'habitude.

- Le froid sec c'est stimulant, si on allait à l'oratoire là-haut ?

- C'est exactement ce que je voulais faire aujourd'hui, il y en a bien pour une petite heure à monter !

- Oh pas de problème, aujourd'hui je peux ! … j'ai laissé mes soucis et mes douleurs en bas, bon débarras !

La nuit précédente il avait gelé à pierre fendre, et toute la végétation avait pris un habit blanc, scintillant. Au fur et à mesure que nous montions, le soleil faisait briller de mille étoiles tous les feuillages blanchis par le givre. Par endroit la glace avait remplacé les flaques d'humidité, rendant le sol lisse et glissant, et nous contournions toutes ces plaques, en prenant soin de ne pas casser la glace qui dans sa blancheur étoilée décorait le sol comme dans un conte de noël.

- Les lutins et les fées sont passés ici cette nuit, ils ont repeint la montagne en blanc, elle est comme neuve … Il riait de ses propos de rêveur … Je suis tellement heureux de voir cette blancheur, on dirait que la montagne vient de naître, elle resplendit et avec le froid ça va tenir quelques jours, quelle beauté …

Nous nous extasions sur ce côté merveilleux que la nature nous offrait. Lorsqu'on montait un peu dans le chemin qui rejoint l'oratoire sous la grande croix de Provence, un sentiment de grand calme nous envahissait, il n'y avait pas besoin de parler, et en dehors du vent qui léchait les parois, on entendait que nos souffles, il n'y avait rien que la beauté d'un silence absolu, l'impression d'être en montagne était encore plus forte que d'habitude. Le froid perçait parfois nos vêtements quand une rafale venait à fondre sur nous, pénétrant nos mains, contournant nos cous emmitouflés, mais cette froidure avait quelque chose de magique et je comprenais pourquoi tant de monde allait à la neige. Le blanc du gel et des restes de neige se mêlaient harmonieusement avec le gris de la roche, et les verts devenus tendres sous la couche blanche translucide déposée pendant la nuit, devenaient couleur anis. Au-dessus d'un bouquet de jeunes pins, délavés par les lumières opalescentes qui les traversaient, un groupe de chardonnerets élégants volaient rapidement en vols saccadés, fuyant notre approche avec des cris d'alerte qui nous semblaient mélodieux.

- Regardes comme ils sont beaux, ils sont sûrement de passage ici, sur la face sud il fait moins froid et j'en vois souvent en bande, ils chantent tout le temps, ce sont vraiment des oiseaux du bonheur … Quand ils restent ici, c'est qu'il fait trop froid ailleurs, ils savent d'instinct où se protéger, et dès qu'il fera meilleur ils repartiront plus au Nord. Les saisons passent, la nature change, les animaux se déplacent, il n'y a que nous pour rester sur place. Il restait pensif, songeant certainement à tous ces endroits qu'il n'avait jamais vus. Il s'était arrêté à mi pente du chemin pour se retourner et admirer le paysage, la blancheur des feuillages inondait la vallée en dessous d'une lumière douce, légèrement bleutée, les couleurs crues et violentes avaient disparu.

- Les changements de temps sont bons pour la nature, moi je vieillis et j'ai de plus en plus de mal à supporter le froid … me dit-il, et comme je ne peux rien y faire, je fais comme tout le monde, j'attends

les beaux jours. Des fois en janvier, il fait même chaud ici, je me rappelle il y a deux ans, je prenais mon café sur ma terrasse, c'était tellement agréable. Les temps changent, les saisons se suivent et ne se ressemblent pas, je prends mon mal en patience, je vieillis plus vite que je ne le voudrais, mais il reste tant de belles journées que je les attends avec une vraie impatience de gamin.
Une sagesse ancestrale quasi animale ...

Nous étions arrivés sous la grande croix, la paroi grise à la verticalité imposante emmenait notre regard jusqu'au ciel. La brèche des moines semblait comme une coupure faite à coup de hache dans le flanc de la montagne, et cette ouverture me faisait penser à tous ces combats que la nature menait, qu'Emilio transformait en bataille de monstres et de dieux souterrains. Nous avions fait tout ce chemin quasiment sans parler, nous prenions le temps de remarquer les mouvements de terrain et tous les changements autour de nous, mais nous n'avions pas besoin de grande conversation. L'oratoire était juste en léger contrebas, nous nous sommes assis pour reprendre un peu notre souffle. Le rocher sur lequel nous étions assis était glacial, la terre rouge sous nos pieds, durcie par le gel, collait à la roche avec des petits liserés blancs. Malgré ce froid de canard nous prenions du temps pour regarder encore et encore ce que nous connaissions déjà, grâce à toutes ces promenades faites en solitaire ou à deux.

- C'est tellement bien de pouvoir profiter et partager cette beauté dans ce cadre somptueux, je suis sûr que beaucoup aimeraient être à notre place. Je lui répondis rapidement que je considérais que nous avions là, un vrai privilège et que rien ne pouvait remplacer ces escapades dans la vraie nature protégée.

- Depuis toujours, d'aussi loin que je me rappelle, mon grand-père disait souvent, "il faut prendre le temps !" le monde tourne si vite, que tu ne pourras jamais tout faire, ni tout voir, il faut choisir et faire pleinement ce qui doit être fait ! ... Et après mon père disait aussi la même chose, "Arrête de courir" quand il me voyait faire à la va-vite ... Le temps est une richesse que nul ne peut acheter, d'ici sur les hauteurs il devient facile de comprendre qu'il est indispensable, et qu'il est le seul moyen que l'on a pour faire un retour sur soi-même. Et même lorsqu'on est seul entre quatre murs et que le vent gronde à la porte, il est encore là pour nous faire patienter, pour nous laisser nous regarder avec joie, ou amertume, c'est selon les vies de chacun. Maintenant je n'ai plus cette haine des choses, avec tout ce temps, celui dont je dispose totalement, je peux enfin contempler mon existence sans en vouloir à personne.

Il avait pris le temps de dire tout cela, comme si c'était une évidence, il regardait sa vie passée et voyait le long chemin parcouru, il pouvait compter les jolis moments, retrouver les joies enfantines, raconter certains de ses secrets, mais jamais il n'accusait la terre entière de ses maux, il avait certainement beaucoup trop de respect pour tout ce qui l'avait amené jusqu'ici.

- Le temps, il y a maintenant bien longtemps, appartenait à nos modes de vie. On ne faisait rien sans réfléchir, on n'avait pas envie de recommencer, et puis on n'avait pas les moyens de gaspiller.

Emilio était de cette génération qui ne se plaint pas, il vivait avec son temps et non pas contre, il gardait dans ses souvenirs toutes ces expériences, bonnes ou mauvaises, et essayait de s'en accommoder, retenant les leçons parfois si chèrement apprises. Pour lui le monde appartenait à tous, laissant les années passer paisiblement, il avait vaincu certaines peurs et balayé les craintes de la possession. Sa seule grande richesse était ce temps dont il disposait à volonté dans un cadre qu'il s'était choisi, et il y passait une vie heureuse, laissant le sable s'écouler paisiblement, doucement et régulièrement dans le sablier transparent de son existence.

Quand remontent les souvenirs ...

Nous étions encore au soleil, la douce chaleur des rayons caressait nos visages, le vent glacé dans le dos, nous n'avions pas l'impression d'avoir froid. Les buissons de chênes kermès étaient ras à cette altitude, ils se blottissaient contre les pentes et profitaient du moindre abri pour pousser leurs branches noires aux petites feuilles vertes et piquantes dans les moindres recoins entre les rochers, créant ainsi des abris denses pour les oiseaux. Je regardais vers le haut, nous étions si près du sommet, à la limite du ciel. Me regardant faire, Emilio me dit qu'il ne tenterait jamais cette montée au travers de la falaise, c'était fait pour les jeunes aux jambes souples et aux bras forts. Il me montrait du doigt le tracé du sentier Forcioli.

- Celui-là, je l'ai fait une fois quand j'étais beaucoup plus agile, mais je ne m'y risquerai pas aujourd'hui, j'aurai trop peur de dévisser, il est vraiment raide et il faut être équipé … Je voyais passé dans son regard comme un léger regret de ne plus pouvoir faire tout ce qui avait fait sa jeunesse, ses promenades folles, ses découvertes, ses enchantements. Tout cela il le regardait de loin maintenant, il en rêvait parfois me disait-il.

Au loin, très en dessous de nous, on distinguait toutes les dénivellations qui allaient vers Aix-en-Provence cachée dans son creux protecteur, le paysage courait de collines en monts bruns vers l'horizon, jusqu'à la grande bleue, que l'on ne percevait pas mais qui se laissait imaginée dans cette diffuse luminosité qui brillait dans le lointain opalescent. Plus à droite, on distinguait l'étang de Berre logé au milieu des collines, entouré d'un vague halo de brumes marines bleuâtres. On aurait dit une flaque posée au milieu de terres lointaines, entourée de monts arides et secs, brillant sous la lumière du soleil comme une émeraude posée sur un écrin de désert.

- Il m'est arrivé de venir ici avec mon père quand on avait envie de faire une grande promenade … il me montrait le chemin … et on y venait plutôt le dimanche. C'était le jour de congé, tous les autres jours il était dans les champs, et je ne le voyais qu'au moment des repas. Mon père aussi aimait cette montagne, il l'avait choisie, il s'y retrouvait comme s'il était chez ses parents en Piémont, et il me racontait alors ses souvenirs … Il me ressortait alors quelques anecdotes d'une vie faite de simplicité, sans nostalgie mais avec un regard plein de complaisance et d'amour. Quand il me parlait ainsi, il avait cette voix grave et douce des gens qui ont de beaux souvenirs en mémoire, et qui ne les distillent qu'au compte-goutte, comme pour ne pas gaspiller. Il était tellement pris dans son passé qu'il parlait doucement.

- Je me souviens que c'était toujours le dimanche matin quand il faisait beau, surtout vers le milieu du printemps quand tout devient paradisiaque, que la nature éclate en mille couleurs. C'était drôle, on partait toujours à l'heure où les cloches de l'église se faisaient entendre vers dix heures, et mon père qui ne croyait ni à Dieu ni à diable me disait de me dépêcher. Dieu nous attend là-haut … disait-il, nous allons nous approcher de lui, tu verras comme il a bien fait ce monde, vu d'en haut c'est extraordinaire ! … Il avait cette volonté de s'extirper de ce monde humain dans lequel il vivait matériellement chaque jour, mais dans lequel il ne mettait pas toute sa confiance, et quant à ses croyances il ne les partageait pas avec ses concitoyens, il n'avait d'yeux que pour sa nature. Il préparait alors un sac qu'il portait en bandoulière, qui contenait le pique-nique du midi, avec une miche de pain bien cuit dans lequel nous faisions de belles tartines. Mon père était gourmand, il y avait toujours un morceau de lard ou une cuisse de poulet pour accompagner le pain beurré avec un peu de moutarde ou parfois de l'ail frais. Tous ces goûts me reviennent en bouche me dit-il…

Je comprenais parfaitement tous ces sentiments qui remontaient d'un passé lointain, qui n'étaient pas ma vie, mais qui me rappelait tant de souvenirs identiques, ces moments que je partageais avec mon propre père les matins où nous partions de très bonne heure à la pêche. C'était un peu le même vécu, en tout cas je ressentais les mêmes sensations à l'évocation de ces souvenirs, et je pensais que les vies sur cette terre sont terriblement semblables, même quand elles nous apparaissent si différentes. J'étais moi aussi pris dans ce tourbillon de sentiments anciens et de sensations retrouvées et je n'essayais pas d'en sortir. Nos vies lointaines passées au crible du temps, ne gardaient que les souvenirs valorisants, ceux qui pouvaient encore nous procurer du plaisir, et c'est tout cela que nous pouvions partager dans un bonheur simple et un échange convivial. À cet instant je n'avais pas envie de parler, j'écoutais cette histoire si simple, si remplie d'un étrange bonheur, celui que l'on ne trouve que dans l'enfance, ou celui que l'on peut partager avec ses petits-enfants, pour tenter de leur apprendre ce qui nous importe le plus. Emilio savait transporter les histoires à travers son temps, il racontait dans son langage sans fards ce qu'était sa vie, même par petits morceaux décousus, mais il savait donner envie. Au bout d'un long silence complice, le cri d'un choucas venait percer nos absences, il volait juste au-dessus de nos têtes, et ses ailes noir de jais tranchaient sur l'azur. Son cri rauque nous avertissait que nous étions sur son domaine, que le monde d'en-haut lui appartenait, il se laissait porter sur les airs froids d'un battement lent de ses ailes couleur charbon, il semblait ne pas faire d'effort et tournoyait au-dessus de nous, en utilisant la force des courants d'air. Je regardais l'oiseau suspendu dans les airs et dit …

- J'aimerai bien voler comme lui, c'est un rêve un peu fou, et se laisser porter par les vents ça doit être génial ! Tu te rends compte de ce qu'il doit voir !

S'envoler avec les oiseaux …

Emilio me regardait de son air joyeux, presque moqueur …

- L'air c'est fait pour les oiseaux, pas pour nous, c'est grand, c'est froid et puis les oiseaux, Dieu les a faits pour voler et nous pour marcher, chacun à sa place. De toutes les façons on ne peut vouloir être partout, et si tu veux voir ce que le choucas aperçoit, monte à la croix tu verras la même chose que lui. Tout est plat vu d'en haut, tu n'y vois pas les petites bêtes, les arbres ont tous des têtes rondes et la lumière n'est pas la même. Nous le ciel on le voit d'en bas, il nous fait rêver, de là-haut tu ne regardes pas encore plus-au-dessus, il n'y a plus rien après les nuages.

J'étais stupéfait de cette simplicité de jugement, il ne désirait pas ce qu'il ne pouvait avoir, sa vie était ici-bas, avec ses deux jambes, il allait où bon lui semblait, et il en tirait toujours quelques joies. Après tout, il avait raison, en bas on était si bien, l'air venait d'en haut, le soleil brillait tant et si fort, que là où nous posions nos pieds, le sol nous semblait chaud, accueillant, et c'était comme un réconfort de se sentir accepté. La vie n'était qu'un passage qu'il fallait négocier délicatement. Bien que plus jeune que cet ami incontournable, je vivais les mêmes passions à ma façon, sans avoir connu tous les détails qu'il me donnait par morceaux émiettés. Je le sentais heureux, comme léger lorsqu'il était avec moi, nous avions le grand privilège de vivre des moments particuliers et parfois intenses, tant nos souvenirs communs venaient à charger nos sensations de joies, de rires parfois et aussi de moments plus graves.

- J'ai l'air de philosopher des fois, mais ne t'en offusque pas, c'est l'âge qui me pousse à réfléchir … me dit-il sur un ton enjoué. À force de regarder tout ça autour de moi, je vois des choses que personne ne regarde plus, j'ai le temps, et si je pouvais je m'envolerais quand même, comme les oiseaux. Je l'envie ce choucas que l'on juge indélicat, trop noir, au cri trop rauque, pourtant il est là peut-être pour plusieurs générations, il peut vivre jusqu'à presque vingt ans disent les scientifiques. En tous cas je les vois toujours ici, regroupés par famille et d'année en année ils sont parfois plus nombreux. Il regardait tout là-haut vers un grand creux sombre, tout en vertical entre deux parois grises, c'est là qu'ils dorment à la nuit où quand il fait froid, ils se regroupent tout près de cette faille. J'aimerais parfois être insouciant, comme eux. Leur plumage les met à l'abri des convoitises et ils font peur aux autres oiseaux, mais ils ont un esprit grégaire développé. Il avait cette mémoire des êtres vivants qui parfois me stupéfiait sans m'étonner, car je savais qu'il s'intéressait à la vie animale. Il reprenait sa conversation … Voler comme eux, ce n'est qu'un rêve, oui je les envie parfois, pour apercevoir tout ce qu'ils voient, mais j'ai les pieds bien accrochés à ma montagne et je ne m'envolerai pas. Il regardait au loin, scrutant cet horizon si bleu, si transparent dans lequel il n'irait jamais voler et reprenait … Des fois je fais le mariole, mais tu sais j'ai appris avec mes parents à rire de tout et de rien, quand la vie n'avait plus rien d'autre à nous offrir. Nous étions pauvres quand mon père nous a ramené ici, il forgeait beaucoup d'espoir pour ce bout de terre, et je n'ai jamais su ce qu'il s'était passé là-bas chez ses parents. Je ne sais même pas ce qu'est devenue cette masure dans la montagne piémontaise, j'ai perdu toute trace de ce que pouvait être ma propre famille. Ma tête est parfois au loin avec eux dans mon imagination, mes souffrances sont ici, c'est là que mon père est venu cacher les siennes. Alors ce monde n'est pas tout à fait le mien, j'ai perdu mes vraies racines, mais comme ce vieux genévrier qu'on voit plus bas, j'ai planté les miennes profondément dans cette terre de Provence, et comme lui je reste seul au milieu de ces collines, de ces montagnes accommodantes, je ne souffre plus de l'éloignement des miens, maintenant je vis ici.

Il prenait toute la mesure de sa vie présente, et me confiait son attachement profond à ces lieux, il faisait fi du monde d'ailleurs, car comme il le disait souvent, la vie est trop courte pour n'avoir que des regrets, il faut savoir aller de l'avant, regarder en haut, s'émerveiller de l'endroit où on vit le plus souvent. Je comprenais alors pourquoi il avait tant de patience avec la nature, pourquoi il avait banni la haine de sa vie, et pourquoi le monde des villes ne l'atteignait pas, il était si bien ici.

Respecter les chemins de chacun ...

Les jours d'hiver se suivaient et se ressemblaient, du gris, de la pluie, parfois un peu de neige. Le froid était moins piquant, les jours commençaient à rallonger doucement, me faisant penser aux meilleurs moments de la belle saison. Les promenades toujours courtes m'emmenaient toujours sur un de ces chemins que j'aimais arpenter pour le plaisir de me retrouver seul dans la nature, même si en cette vilaine saison, il n'y avait plus grand chose à voir. Pourtant chaque sortie continuait à m'émerveiller, chaque fois je remarquais les modifications dans le paysage, cet arbre désormais mort qui laissait le vent lui casser les branches, ces nouvelles traces creusées à coup de groin des sangliers noirs invisibles le jour, ou encore ces pierres presque rondes qui avaient dévalé la pente à cause des dernières pluies. Je m'étonnais d'ailleurs à chaque fois de la vitesse à laquelle l'érosion travaillait les sols. Dans cette belle fin de journée, le ciel avait retrouvé un peu de son bleu azur, l'humidité chassée par les vents avait laissé sa place à une couche d'air translucide, froide et immobile. Les derniers gels et la neige avaient créé des amas de terres rouges toutes molles, et j'avais alors l'impression de marcher sur un tapis souple. La végétation avait pris des teintes grisâtres comme si elle s'était endormie, statufiée sous la couche légère du givre qui avait blanchi les feuilles persistantes. Sous les derniers coups du mistral, la chevelure épaisse des chênes rouvres avait perdu une grande partie de ses feuilles fauves, et quelques bourgeons en formation apparaissaient déjà, prémices certains de la nouvelle saison à venir. J'étais retourné en bas sur ce chemin qui mène les grimpeurs vers la falaise du Garagaï, les dernières plaques de neige de la nuit précédente étaient presque fondues, toute la ligne de crête de la montagne avait conservé un liseré blanc de cette neige éphémère et soulignait la différence entre le gris des roches et la pureté du ciel du matin. C'était tout simplement beau. Je m'étais arrêté à mi-chemin en haut d'un petit monticule terreux, je n'avais plus envie d'aller plus haut. Le ciel et la montagne surgissait de façon très nette et contrastée de la forêt de jeunes pins qui s'étalait sous moi, le regard affûté je voyais encore ces quelques vieux pins déformés et rabougris, accrochés aux falaises par je ne savais quel miracle, et qui poussaient le long des à-pics. Je me laissais alors envahir par la simplicité de cet instant suspendu. Je pensais à toutes ces conversations que nous avions eu avec Emilio, je le revoyais serein et plein de sagesse, et tout ce calme qu'il dégageait me faisait revenir sur ces sentiments que nous partagions alors. Derrière toutes ces expériences de vie, il était resté droit dans ses bottes, il ne changeait pas d'idées, il avait mis ses malheurs sur le compte négatif de sa vie, et cherchait toujours à bonifier les bons moments qu'ils soient des souvenirs, ou qu'ils soient ceux qu'il vivait le jour même. Je pressentais en lui, un immense respect pour ce que la vie donne, il n'oubliait pas ce qui était difficile, mais surtout il était heureux d'être simplement là. De fait, sa vie s'apparentait à une marche dans une nature inconnue, chaque jour était nouveau, il prenait une nouvelle forme ou une nouvelle direction, mais il ne se laissait pas abusé par les événements extérieurs, il avait fait de son existence un modèle de fonctionnement qu'il ne souhaitait pas modifier et vivait dans un respect total des règles qu'il avait apprises de ses parents et grands-parents. J'aimais cette simplicité des anciens où tout a de l'importance, mais aussi où tout passe et peut vous échapper, il était de ces hommes qui en ont conscience. La journée passait si vite, je rentrais doucement par la route basse, il était tard. Je voyais Emilio au bord de la route, il était en train de bricoler son portail bancal, qui fermait sa propriété et je m'arrêtais quelques instants pour ne pas passer comme un inconnu, il m'en aurait voulu …

- Bonsoir Emilio, je sais qu'il est tard, mais j'étais parti pour le chemin qui mène au Garagaï et je me suis arrêté en cours, je n'avais plus envie d'aller là-haut à cause de l'heure tardive et du froid. J'ai fait une petite balade, rien de bien intéressant, je me suis gelé les mains et les pieds, et les courants d'air sont encore trop méchants … Je ne voulais pas lui avouer que je m'étais ennuyé sans sa compagnie. La nuit commençait à poindre son nez au bout de l'horizon à l'est, et les lumières du jour s'évanouissaient doucement, laissant le paysage entrer dans l'inconnu de la nuit. Il finissait tranquillement son travail de réparation, et m'ayant aperçu me fit signe de le rejoindre.

- Viens à la maison prendre un verre au chaud, j'arrête moi aussi, il va bientôt faire trop sombre.

Regarder le ciel plein d'étoiles …

C'est ainsi que nous faisions les quelques dizaines de mètres afin de rentrer chez lui, il ramassait ses outils en passant près de l'appentis en bois, puis m'invitait à m'asseoir sur la terrasse au sud.

- De ce côté, il n'y a pas de vent et le soleil a donné toute l'après-midi, il fait encore bon ... Il sortit deux verres minuscules, et entreprit de me faire goûter une vielle liqueur de myrte qu'il avait fait lui-même il y a très longtemps.

- Goûte, ça n'est pas très fort, il y a plus de quinze ans que je l'ai faite, et depuis ce temps elle a perdu son feu, on dirait une liqueur pour les dames ... il riait de bon cœur, en portant un toast, sans autre forme de cérémonie avalait le breuvage d'un trait, sans broncher et reposait délicatement le verre sur la table ...

Nous étions assis tous les deux autour de sa table en fer forgé revêtue d'une vieille nappe en toile cirée fleurie et jaunie par le soleil. Avec nos vestes nous n'avions effectivement pas froid. Les murs encore tièdes de l'après-midi nous renvoyaient une douce chaleur perceptible dans l'air frais du soir. Je le regardais prendre son temps, il s'était légèrement reculé de la table pour allonger ses jambes, et semblait ainsi se reposer. Sa paire de lunettes posée à côté de son verre, il avait étalé ses mains à plat des deux côtés, et était pensif comme à l'habitude, toujours présent et à la fois absent par moment.

- Voilà quelques jours que je ne suis pas sorti, avec les froids j'ai décidé de faire un peu de petit bricolage, tout ce que je ne ferai pas quand il fera beau temps.

Au loin dans l'air froid et pur du soir, les premières étoiles apparaissaient dans le plus sombre du ciel, brillantes comme l'espoir, elles m'intriguaient. Il avait remarqué que je scrutais le ciel en l'écoutant.

- Si tu n'es pas bien ici dis-le, on rentre près de la cheminée, me dit-il

- Non-Non ! ça va comme ça … je regarde le ciel, j'aime bien le voir tourner à la nuit, les couleurs sont extraordinaires et tellement fortes entre le jour qui part et la nuit qui avance … Il sautait évidemment sur l'occasion pour me proposer de rester un peu plus longtemps.

- Reste un peu, je prépare une assiette et on pourra regarder le jour s'éteindre, j'aime bien aussi ce moment, jusqu'au moment où il fera trop froid … j'acquiesçais et aussitôt il se levait, rentrait dans la maison pour s'affairer avec quelques aliments déjà prêts. Il ressortait aussi rapidement qu'il était rentré, deux assiettes et couverts dans la main gauche, un quignon de pain et une bouteille de vin dans la droite.

- Tu sais, ce qui me fait vraiment plaisir, c'est ce bout de moment qu'on passe ensemble, ça finit bien une journée, on ne doit rien à personne, et on va pouvoir profiter du plus beau spectacle du monde, le combat entre le jour et la nuit.

- J'ai toujours imaginé que c'était une bataille, que chaque partie gagnait chacune à son tour, laissant notre monde dans la crainte des ombres, ou dans l'extase des lumières … Assis du même côté de la table sous sa tonnelle de vigne vierge sans feuille en cette saison, nous avions tout le panorama des monts provençaux devant nous, et la Sainte victoire dans l'ombre derrière la maison. D'abord sur notre gauche le mont Aurélien au-dessus de Trets, puis un peu plus loin, la Sainte Baume, avec sa découpe sur l'horizon, prenant appui sur les derniers monts avant la mer, et plus à droite les fantômes du massif de l'Étoile qui baignaient encore dans les dernières lueurs orangées du soir. Nous regardions le ciel virer doucement de la lumière au noir d'encre depuis l'Est, les premières étoiles apparaissaient lentement, s'allumaient une à une de façon de plus en plus intense, à mesure que disparaissait la lumière du jour. Emilio avait enlevé ses lunettes, il regardait les étoiles avec un regard plein d'émotion et me dit …

- Ces étoiles, j'ai l'impression qu'elles représentent toutes mes actions passées, chaque jour il y en a une nouvelle, je ne sais même pas combien il y en a, elles brillent fort quand j'ai fait quelque chose de bien dans ma vie, et semblent clignoter quand c'était moins bien … Il n'y avait pas de télévision dans sa maison, il s'inventait donc des mondes à lui, qui le réconfortaient, qui l'encourageaient à vivre ainsi.

- Des étoiles, il y en a tellement … il restait pensif, Je ne sais pas si mon fiston les regarde, il doit sûrement voir les mêmes que moi, et j'espère qu'il se rappelle un peu que j'existe.

Il avait dit ça, aussi simplement qu'il le pouvait, mais tout au fond de lui il espérait un événement, un miracle, les étoiles le raccrochaient à sa vie passée, à sa famille, à son fils.

- J'espère sincèrement pour toi qu'il pense aussi à toi quand il les regarde, mais je ne peux rien t'assurer. Par contre je peux te féliciter pour ton pâté de sanglier, il est vraiment réussi. Tu viens de me régaler avec ce pique-nique improvisé ! ... Une petite lueur venait de s'allumer dans son regard et prenant nos deux assiettes, il regagnait son fond de cuisine comme par pudeur, pour ne pas se laisser prendre par des larmes qu'il avait toujours enfouies ...

Ne jamais abandonner ...

Les souvenirs n'étaient qu'un lointain passé, noyés dans les refus, perdus dans les absences, envolés dans les temps sombres, floutés par les inexactitudes de la mémoire, pourtant ils avaient un poids important dans sa vie. Il se raccrochait si souvent à celle de son fils, que je ne pouvais que souhaiter qu'il le retrouve un jour. Il le disait souvent, c'est dur de vieillir en solitaire, la terre peut être la plus belle là où on vit, mais rien ne peut remplacer le partage de ce qui est beau avec les siens.

Il revenait tranquillement vers moi, s'asseyait juste à côté de la chaise que j'avais quittée pour me dégourdir les jambes et finissait de déguster lentement le fond de son verre de vin. Je le voyais de dos, il regardait le lointain sombre, au loin les crêtes de la Sainte Baume avait disparu dans l'ombre de la nuit, on ne distinguait plus que les lueurs jaunes de Marseille et des bords de mer dans l'extrême lointain bleu foncé, comme si la lumière s'accrochait encore aux terres inaccessibles, comme si la mer bleue voulait encore montrer ses derniers éclats dans le flou du ciel mangé par la nuit. Se tournant vers moi, il posait son verre sur la table …

- Quand la nuit arrive, mes souvenirs reviennent de loin, je pense parfois à toute cette longue vie passée ici, et je revois ces moments avec mon épouse partie, on ne s'entendait plus, mais je ne vais pas te raconter tout ça, c'était comme ça, c'était hier. Mais je suis sûr que mon fils est parti lui aussi, un peu à cause de tous ces différents, de cet amour qu'il ne ressentait plus, ce manque de bras affectueux dont il avait besoin certainement. Sa mère absente, les regrets des uns et des autres, le poids de l'existence, l'incompréhension parfois, à cause de tout cela, on avait perdu l'habitude de se dire je t'aime. Il a dû en souffrir en silence et il est parti pour se racheter une autre vie qui lui conviendrait mieux …

Il savait que je l'écoutais avec attention, il se confiait sans détours, il respirait maintenant calmement, et dans le silence de la nuit, ce regard en arrière sur son existence dévoilée à demi-mots, lui avait fait du bien. Le ciel au-dessus de nous était entièrement couleur d'encre, toute la voûte céleste sombre enveloppant la montagne était parsemée de petits points brillants, les étoiles nous accompagnaient, et tous les sommets de la chaîne de la Sainte Victoire se détachaient à peine dans le noir de la nuit venue. De temps en temps on entendait au loin le cri aigu d'une chouette hulotte qui devait voler dans les vallons entre les bosquets de chênes et de trembles, elle planait lentement dans les courants d'air frais de la soirée, battant de temps en temps ses courtes ailes pour rectifier son vol, bifurquant au ras des bosquets de yeuses, et venait à se poser sur une branche haute d'un pin, avant de pousser son cri perçant. Je l'imaginais posée bien droit sur la branche aux écorces brunes, s'ébouriffant pour replacer ses plumes, l'œil tout rond de chaque côté de sa tête dans ses grandes lunettes de plumes, scrutant la nuit profonde au ras du sol, en quête d'une proie innocente. L'univers tout entier avait pris son temps de repos, dans le presque noir, nous n'échangions plus que quelques mots, respirant l'air de la nuit, nous nous remplissions d'une voluptueuse sensation de nuit calme. Je quittais Emilio, avec ce sentiment bizarre d'avoir été si bien à voyager dans le temps que j'en avais oublié de rentrer. Sa vie avait été une suite d'événements provoqués ou subis qui l'avaient conduit ici, sur ce plateau au pied de la montagne Sainte Victoire, il n'avait jamais regretté d'être loin de sa patrie et il s'était construit un nouveau monde, mais il était souvent seul, face à lui-même. Il m'avait souvent raconté ses anecdotes, ses petits combats pour améliorer son quotidien, ses ennuis et ses jolis moments. J'en avais déduit que sa force venait de ce combat perpétuel contre les absences, contre la solitude et la nécessité de s'en sortir sans l'aide de quiconque. Depuis toujours dans sa famille on avait appris à se débrouiller, la vie devait se construire dans l'effort. Jamais il n'avait abandonné…

- Emilio, il est tard lui dis-je, je ne m'ennuie pas mais j'ai un programme chargé demain, je reviendrai d'ici quelques jours et on pourra se faire une autre sortie, je t'appellerai avant, et je t'emmènerai.

Nous avions programmé pour un des jours à venir une autre promenade matinale au lever du soleil …

Partager la vision d'un monde …

L'hiver touchait trop lentement à sa fin, les jours avaient gagné quelques minutes précieuses pour nous qui aimions tant nous lever tôt. L'air de la nuit encore froid gardait une enveloppe d'humidité sur toute la campagne et le soleil avait bien du mal à percer la couche nuageuse sur la montagne que je voyais depuis Pourrières. Une immense écharpe grise enveloppait tous les champs et les vignes, laissant ici et là, des taches blanches des derniers givres sur des tiges encore fragiles. Tout au long de la route, sur les fils électriques dégoulinant d'humidité brillante, des tourterelles grises et beiges, quelques étourneaux noirs en habit à points blancs et parfois une buse frigorifiée prenaient le temps d'une toilette matinale avant le premier vol dans cette froide matinée. Je roulais doucement dans ce paysage de coton vaporeux, observant les mouvements du ciel sur les hauteurs grises de la montagne, dépassant Puyloubier j'arrivais chez Emilio pour ce rendez-vous que nous nous étions promis la veille. Il sortait au bout de son chemin de terre, fermait le portail en passant une petite chaîne autour du cadre, faisait cliquer le cadenas et se dirigeait vers moi.

- Heureusement qu'il fait beau ce matin, le brouillard va vite se lever et tu verras le beau temps quand on sera à mi pente. Il avait comme à l'habitude pris sa canne et sa musette de toile, et après avoir enlevé son chapeau vissé sur la tête, il s'asseyait dans la voiture l'air enjoué du gamin qui part faire une promenade.

- J'ai beaucoup aimé faire la route ce matin dans les brumes de la vallée de l'Arc, tout le paysage était presque blanc, et la montagne au-dessus des nuages avait l'allure d'un gros rocher posé sur une mer de coton, c'était étrange, j'étais dans un autre monde. Je crois que ce matin va nous permettre une belle promenade, d'ailleurs c'est moi qui te guide, on va aller sur les grandes barres de rochers au-dessus du Bouquet, j'ai envie de nuages et de brouillards translucides … Fouillant dans son sac, il acquiesçait tranquillement, silencieux comme toujours quand il n'avait pas d'option contraire, et me montrait sa bouteille Thermos …

- J'ai cru un moment que je l'avais oubliée sur la table ! … il savait déjà qu'elle serait la promesse d'un moment de détente et de repos autour d'une boisson chaude et réconfortante et son sourire en était d'autant plus radieux qu'il savait que ces instants seraient forts. La beauté de cette montagne nous incitait toujours à rêver, à n'y voir que tout ce que la nature pouvait nous offrir.

Nous arrivions sur le parking en bas, juste au-dessus du Bayon que l'on entendait glouglouter doucement. Les dernières neiges et les pluies de la semaine passée laissaient un léger courant d'eau glacée s'écouler de roche en roche, plongeant dans les petits gouffres sous la route, chantant de toutes leurs éclaboussures et s'écoulant vers la plaine sous Beaurecueil. Les arbres avaient perdu leur parure feuillue, les pins brassés par le vent léger dominaient toutes les frondaisons plus basses des chênes verts, des genêts et des rouvres, encadrant le sommet de la montagne d'un turban vert qui tranchait sur le gris des brumes.

- On arrive à temps, lui dis-je, pour l'un des très beaux spectacles de la nature, à chaque fois que je viens ici, je découvre les pans de roche de façon différente. Regarde tout-en-haut, les nuées de brumes transparentes se frottent aux falaises, on dirait comme une étole qui glisse doucement, découvrant les pics et les creux comme si la montagne se déshabillait lentement. Elle se fait toute belle, j'ai presque l'impression qu'elle est vivante, avec tous ces nuages qui la courtisent, ces envolées du vent qui siffle dans les branches autour de nous, je me sens comme au premier jour de la création …

Il regardait avec insistance les volutes blanches et les brouillards crémeux s'éloigner avec d'infinies précautions, démasquant toutes les formes de la montagne. Il tenait le bord de son chapeau, et dos tourné aux bourrasques il prenait un temps infini à contempler sans mot dire.

Entre deux coups de vent, il se retournait vers moi, et s'accroupissant tout à côté, me dit …

- Tout le monde ne peut voir cette force dans ces nuages, d'en bas on a une vision un peu fausse de ce qui se passe sur les pentes, je suis vraiment content de partager ce moment avec toi, c'est presque magique … Nous sommes vraiment petits face à la montagne, et toutes ces masses nuageuses lui donnent un air mystérieux et puissant … Je ressentais la même chose que lui, et c'était pour cela que je l'avais amené ici, à ce moment, et même s'il avait déjà vu ces phénomènes naturels en d'autres circonstances, je prenais plaisir à le savoir toujours heureux et admiratif de ces instants de beauté.

- Ah si tous les hommes pouvaient voir et comprendre ce qui se passe ici, je crois que le monde serait différent … Il savait rester simple devant cette nature, il aurait aimé que chacun de nous puisse comprendre et agir avec humilité en respectant tout ce qui vit sur cette terre, mais il savait aussi que cela était un rêve.

Il écoutait le bruit du glissement du vent et des brumes sur les pentes, j'avais l'impression qu'il sentait la rugosité des roches qui accrochait les nuages et les retenait un peu, il était comme ces vieux arbres qui se penchent pour mieux résister aux forces extérieures et son regard en disait long sur tout ce qu'il avait toujours ressenti dans les collines et la montagne. Emilio était un homme de la terre, un homme enraciné dans son monde comme un chêne qu'on ne peut abattre, à qui l'on doit respect pour sa force et sa longévité. Il avait la sensation des montagnes accrochée dans son coeur, son Piémont natal ne l'avait jamais vraiment quitté, et comme beaucoup il avait enfoui dans son être profond tous les grands sentiments et les souvenirs pour se protéger de ce monde menaçant et sans foi. Parti depuis son enfance, il ne restait que l'espoir de faire mieux avec l'expérience acquise, avec les rencontres, les efforts, le travail et sa joie de vivre. C'était un optimiste viscéralement attaché à la nature montagnarde de sa patrie d'origine, il avait reconstruit un monde à son image loin de ses bases familiales, mais il avait réussi à garder un équilibre, une stabilité que beaucoup lui aurait envié, là était sa force.

Les nuages déchirés par les vents glissants, avaient laissé la montagne se découvrir, le soleil caressait de ses rayons chacune des faces rocheuses tournées à l'Est et les teintaient d'un jaune rosé et pâle, qui laissait les crêtes se découper sur un fond de ciel bleu franc.

- Toute notre Provence est là, me dit-il, violence des instants, couleurs, vent, rafales, nuages, et la terre, cette terre qui me porte et qui me plaît tant … qui parfois nous fait si chaud quand le temps est trop sec. Il aimait résumer ce qu'il ressentait depuis si longtemps, sa vie était inscrite dans la roche grise et le ciel bleu …

Être auprès de la nature ...

La Provence de la terre et des collines c'était la vie d'Emilio, elle lui suffisait chaque jour, il prenait le temps comme il venait, seul dans son petit monde fait de nature et de beautés simples, il n'envisageait pas d'autres existences, il savait qu'il n'avait pas tout vu, mais il savait aussi qu'il s'en contentait.

C'était un vendredi matin, une fin de février un peu froide un peu venteuse, les nuages couraient au loin sur la grande bleue, le ciel était dégagé au-dessus de Saint Antonin, laissant la montagne respirer le bon air dans l'infini de l'azur. Nous nous étions retrouvés chez lui, non pour une promenade comme à l'habitude mais seulement pour passer un bon moment, un de ceux où nous ouvrions nos vies passées et qui nous rapprochaient un peu plus à chaque rencontre. Une journée presque ordinaire, j'arrivais jusqu'au portail, j'y laissais ma voiture et en quelques enjambées je me retrouvais sur sa terrasse face au sud brillant. Emilio, sur sa chaise face au soleil de dix heures se réchauffait et ne bougeait pas. Il avait encore aux pieds ses chaussures de jardin, le pantalon retourné sur les chevilles, le corps bien droit sur sa chaise il me regardait avec un air amusé mais restait silencieux.

- Viens voir, me dit-il, j'étais en train de me préparer pour aller bêcher une planche pour les salades, et j'ai entendu un bruit sur la maison. J'ai trouvé ce pinson des arbres, il était groggy, il vient de se cogner contre la fenêtre qu'il a prise pour une ouverture. Il a dû en voir de toutes les couleurs ... Il le tenait précieusement dans sa main gauche, caressant doucement le plumage de son index droit. Le pinson bec grand ouvert tentait de reprendre sa respiration, il ne se débattait pas, peureux, tout ramassé sur lui-même, les petits yeux noirs perçants regardaient Emilio avec crainte, et semble-t-il aussi avec curiosité.

- J'ai l'impression qu'il sait qu'il est en sécurité lui dis-je ...

Tu as vu comme il est beau, me répondit Emilio ... l'oiseau tenait au creux de sa main et ne bougeait pas. La beauté de cet instant tenait dans toute cette fragile créature que cette grande main protégeait, les plumes jaunes des ailes avec leur fin liseré clair tranchaient sur son plumage vert mordoré sombre et brillant, le bec foncé presque noir s'ouvrait et se refermait doucement comme pour avaler de l'air, il se sentait en sécurité, et ce grand bonhomme semblait rempli d'une tendresse immense pour ce petit être perdu, il le caressait, l'encourageait à reprendre ses esprits.

- C'est bon, je sais qu'il va pouvoir repartir, il bouge ses ailes, me dit-il, et ouvrant la main presque à plat, le petit oiseau regarda son sauveur une dernière fois de son œil noir tout rond, secouait ses plumes, et d'un bond jaillit de la main pour aller se poser sur un buisson et se remettre de cette aventure inattendue.

- Tu as fait une bonne action ce matin, c'est une journée qui commence bien lui dis-je ... il me regardait avec un éclat de bonheur tout simple dans les yeux, il était en accord avec ce monde qu'il protégeait chaque jour à sa façon … il aimait les oiseaux, il avait toujours eu envie qu'ils viennent à lui, il les nourrissait, il les observait et essayait de siffler comme eux, en vain.

Il avait réajusté son pantalon sur ses chaussures, s'était levé en s'étirant, prit sa bêche qui était posée contre la table et repartait doucement vers son jardin. L'époque du jardinage était revenue, les jours plus cléments commençaient à se faire sentir et la terre qu'il retournait soigneusement à chaque saison lui permettait de mesurer le temps, de se confronter avec tout ce qui pousse, et il me disait qu'il aimait réussir toutes ces plantations qui lui permettaient de se régaler à peu de frais.

- J'ai le soleil, un bon sol profond, un peu d'eau de la colline, je fais comme j'ai appris pour soigner la terre, je ne veux pas qu'elle ait mal, et tout doit pousser, tu goûteras mes tomates à l'été, elles ont le goût sucré et parfumé des vraies tomates bien mûries, pas celles du supermarché …

La lettre surprise, se retrouver …

La fin de matinée approchait, je le regardais finir son travail, tantôt courbé par l'effort sur la bêche, tantôt un genou en terre pour enlever une mauvaise racine. Son jardin était entouré d'un simple grillage pour empêcher les lapins de venir grignoter ses carottes. Il était là comme sur le toit du monde, d'un côté les vastes paysages de collines bleues donnant jusqu'à la mer lointaine, et de l'autre sa montagne qui lui servait d'espace sauvage où ses pas l'avaient si souvent emmené. Je le sentais en harmonie avec cet endroit, il faisait corps avec cet espace naturel planté au milieu de sa montagne.

- Le ciel est pur ce matin dit-il entre deux coups de bêche, et le soleil va commencer à chauffer la terre, un vieux copain m'a apporté quelques plans de batavia qu'il avait en trop et je vais commencer par ça. Je ne désherbe pas trop, cette couverture conserve une bonne humidité à ma terre et les vers de terre y sont plus actifs, je me contente de retourner le tout et les mauvaises herbes serviront d'engrais. Il me montrait ce bout de terre noire qu'il entretenait qui allait jusqu'au fond sur une trentaine de mètres. Il l'avait séparé en tranches d'égale grandeur, séparées par des vieilles planches de bois. Les gros cailloux qu'il avait enlevés lui servaient de bordure. Au fond, après le grillage un coin sauvage, il avait fait pousser quelques chênes truffiers et deux amandiers, et tout le reste du terrain restait en jachère permanente. Me le désignant, il me disait qu'il le laissait ainsi car les faisans et quelques perdrix venaient tous les printemps nicher dans l'herbe haute et il ne voulait pas qu'elles soient dérangées. Il se redressait, tendant l'oreille vers la route, il me dit …

- C'est bientôt midi, j'entends la voiture du facteur, il s'est arrêté devant la maison, je vais y aller tout de suite, il doit avoir un colis pour moi, je ne l'attendais pas. Lâchant ses outils, il essuyait ses mains avec un chiffon blanc qu'il avait sorti de sa poche, remettait correctement sa chemise dans son pantalon et sans perdre de temps traversait la planche fraîchement bêchée et s'engageait sur le petit chemin menant au portail. Après trois mots de politesse avec le facteur qui l'avait attendu, il revenait d'abord lentement vers la maison, il avait changé de comportement, puis n'y tenant plus se mettait tout à coup à marcher plus vite. On aurait dit qu'une nouvelle importante était arrivée, qu'elle l'affectait alors qu'a l'habitude je le voyais si serein. Il brandissait une lettre au bout de sa main, vers le ciel …

- Regarde, regarde dit-il encore, ça vient d'Amérique ! … il tenait dans sa main tremblante une lettre avec un timbre coloré aux couleurs du drapeau américain. Regarde c'est une lettre qui vient de là-bas, et dessus c'est l'écriture de mon fils, je la reconnais

- Il tremblait de partout comme on dit chez nous, il ne l'avait pas encore ouverte et se précipitait vers la table sous la tonnelle, s'asseyait, prenait son couteau de poche et délicatement entaillait l'enveloppe en suivant soigneusement le pli en haut, pour ne pas abîmer le papier et le courrier à l'intérieur du précieux document. Je sentais qu'un immense bonheur était en train de l'envahir, plus rien autour de ce bout de papier magique ne comptait plus, mentalement il était déjà loin au travers de cette enveloppe venue du bout d'un monde qu'il ne connaissait pas. Il en sortit une carte postale décorée d'un paysage du Montana, un paysage grandiose avec rivière et forêt et surtout de majestueuses montagnes. J'attendais tranquillement assis à l'autre bout de la table, n'osant le déranger, je le regardais faire. Tous ses gestes étaient conditionnés par cette attente fébrile qui avait gagné son corps et son esprit depuis tant d'années. Il était sous le coup d'une très forte émotion, et en avait perdu cette verve qu'il avait depuis toujours. Je voyais un homme en plein émoi, sensible, au bord des larmes qui voyait tout à coup son destin basculer.

Il enlevait ses lunettes pleines de buée, les nettoyait avec le pan de sa chemise, les remettait aussitôt sur son nez et dans un délicat mouvement plein d'attention, retournait la carte. Parcourant rapidement d'abord en silence les quelques phrases écrites à l'encre noire, il relisait encore ces quelques mots, entrecoupant sa lecture de sons inaudibles et presque incompréhensibles que je l'entendais prononcer entre ses lèvres fébriles … C'est lui, enfin c'est lui ! mon fils …

Ses yeux parcouraient la carte plusieurs fois, comme si un besoin compulsif de saisir le sens des mots l'avait atteint, il lisait et relisait, extrayait de chaque mot tous les sens qui auraient pu y être cachés.

- Je n'y croyais plus me dit-il … ému, des larmes de joie coulaient doucement sous ses lunettes embuées, tombaient sur la nappe de toile cirée, il les essuyait avec un revers de manche. Emilio ne se cachait pas de ce bonheur inattendu, il avait laissé s'envoler sa pudeur habituelle, et laissait éclater cet espoir qu'il avait gardé depuis si longtemps en lui. Comme un ouragan, l'émotion l'avait envahi doucement d'abord sous le coup de la surprise, puis il se laissait prendre par ses sentiments, son imagination galopante.

- Mon fils, Fausto, m'a écrit depuis les États-Unis, il est dans une région d'une beauté extraordinaire, il prévoit de venir en France aux prochaines vacances, pour me présenter sa femme et son fils. Tu imagines, il s'est marié là-bas, il a eu un fils je ne le savais même pas. Je suis grand-père …

Tous les bonheurs arrivaient en même temps, je le sentais comblé, rassasié de tant de bonnes nouvelles, il avait posé la carte devant lui, je voyais une écriture fine faite au feutre noir à bout fin, une écriture sensible, des lignes bien alignées pour ne pas perdre le peu de place qu'il y avait pour raconter un grand moment à venir, tout l'espace au dos de la carte était rempli de ce que j'imaginais être un bout de vie, un instant où la rencontre des possibles se fait en quelques mots, où tout bascule dans une décision simple, rencontrer celui qu'il avait oublié depuis trop longtemps. Après avoir participer à ce bonheur intense et éphémère je le quittais en lui promettant de revenir vite, je savais qu'il avait besoin de digérer cette bonne nouvelle en toute intimité pour rêver à cette future rencontre extraordinaire.

Un bonheur simple mais éclatant ...

J'avais attendu la semaine suivante, pour retourner vers la montagne, elle m'avait un peu manqué, et le mauvais temps ne m'avait pas incité à sortir. Je pensais bien à Emilio, je savais que nous allions trouver grand plaisir à de nouvelles promenades, surtout après cette lettre qui venait de lui parvenir. Après un message téléphonique très court, je me décidais à le retrouver chez lui de très bonne heure, je savais qu'il aimait se lever tôt. Il m'attendait dans sa petite cour, son sac posé sur la table sous la tonnelle qui commençait à avoir quelques bourgeons, il était debout appuyé sur sa canne en position de celui qui attend, il me regardait venir à lui, le sourire aux lèvres ...

- Alors tout va bien lui demandais-je ?
- Oui parfait, ce matin il fait beau et je n'ai aucune de mes vieilles douleurs, on va pouvoir marcher un peu. Il avait préparé sa 2 CV ... C'est moi qui t'emmène !

Cette fois, il avait décidé d'aller plus loin qu'à l'habitude, et une fois arrivés sous le domaine de Roques Hautes, il me disait qu'il avait envie de voir la montagne de plus loin. Nous prenions le grand chemin qui mène au barrage de Bimont, il n'était pas question de grimper, il voulait faire simplement le grand tour jusque sur le plateau qui mène au barrage, et contempler tranquillement toute la montagne et la région autour.

L'air frais du matin laissait encore les oiseaux engourdis, seul quelques brumes légères venaient à se dissiper sur la montagne, la journée serait belle.

- J'avais envie de venir là, car on voit l'ensemble de la chaîne et des collines et on voit loin … Ce n'est pas comme en dessous du Bouquet, ici il y a le grand air qui vient de loin …

- Tu n'es pas sorti depuis la semaine dernière ? lui dis-je … il me répondit que non, il avait eu trop à faire pour ses plantations et la préparation de son jardin.

- En plus, après la lettre de mon fils, j'ai passé beaucoup de temps à chercher les vieilles photos, à retrouver des vieux souvenirs. J'ai classé tout ce que j'ai trouvé, parce que je voudrais bien en parler avec lui et sa femme que je ne connais pas encore. Les souvenirs de famille sont tellement importants pour moi, que je voudrais lui transmettre tout ce que je me rappelle tant qu'il est encore temps, de mes grands-parents d'abord, et de ma vie ici. Je suis sûr qu'il aimera retrouver ces souvenirs, il a l'âge maintenant de comprendre et puis, s'il a envie de revenir, c'est pour renouer avec son passé, sa famille, ses racines, et je suis maintenant le seul lien qu'il peut avoir pour garder ce passé vivant.

Emilio marchait facilement ce matin, le chemin ne lui pesait pas comme parfois, la vie avait changé pour lui depuis cette dernière lettre, il semblait rajeuni, il ne se sentait plus enfermé comme avant, le monde s'ouvrait à lui.

Il avançait régulièrement, la grande côte qui montait vers le plateau après la crête du marbre ne semblait pas l'éprouver. Arrivés plus haut, sur le plat qui contourne la réserve naturelle protégée, nous avons fait une halte pour reprendre quelques forces et nous retourner pour voir la montagne. Emilio s'arrêtait quelques mètres plus loin, soufflant comme un sportif, s'étirant doucement, il regardait le paysage devant, puis derrière lui, partout en fait, puis me dit …

Depuis que je suis ici, je n'ai jamais vu les œufs de dinosaures fossilisés dans leur terrain géologique, et depuis cette zone est interdite, je ne connaîtrais pas tout de la Sainte Victoire, dommage … Quand on arrive ici, j'aime beaucoup regarder le paysage, tu sais que c'est certainement un des chemins que le grand monsieur Cézanne a dû prendre pour venir voir la montagne, en tous cas on le dit … derrière moi il y a toute la vue qui va au-delà de Gardanne avec sa cheminée, jusqu'à la mer et devant nous la grande dame Sainte Victoire qui trône dans le ciel, au-dessus de la ferme. Elle s'est mise sur son trente et un ce matin, elle est belle quand les brumes se dissipent. De toutes les façons elle est belle tout le temps … Je regardais avec lui le sommet avec la croix de Provence qui se découpait sur un ciel légèrement trouble, l'humidité se dissipait peu à peu, mais l'air chargé n'était pas encore transparent, juste translucide, un peu blanc et ne brillait pas comme en plein soleil d'été. Emilio avait mis ses lunettes sur le dessus de sa tête, il se frottait doucement les yeux comme pour mieux regarder plus loin, il avait l'air d'un homme heureux, plein d'énergie et de vitalité malgré son âge.

- Tu sais, aujourd'hui j'ai plaisir à marcher avec toi, dans quelques mois je ferai la même chose avec mon fils et sa petite famille, il fera chaud, je leur montrerai ma montagne, et je suis sûr qu'ils aimeront cet endroit.

- Je lui répondais … il comprendra forcément tout ce que tu as vécu ici, et puis ce sera un bon parallèle avec le Piémont de ton enfance, même si cette montagne n'est pas si grande que celle où il vit maintenant. La Sainte Victoire sera forcément un point d'ancrage particulier entre toi et lui, vous y avez vécu tant de beaux moments. Il faut peu de choses pour qu'un souvenir soit grand ! …

Il avait dans sa vie acquis une philosophie remplie de tranquillité sereine, de joie que l'on partage et son sourire en disait long. Il me regardait droit dans les yeux, puis me dit …

- Il y a longtemps que je n'avais pas été aussi heureux, de l'attendre ça me donne plein d'envies, et j'espère qu'il sera heureux lui aussi de venir me voir dans ma modeste ferme, et surtout que sa femme et mon petit-fils n'auront pas honte de ce que je suis, moi le vieux bonhomme. Avec ses mots, il essayait de me dire qu'il avait un peu peur quand même de cette rencontre extraordinaire, et que sa vie aussi simple, telle qu'il l'avait construite, pouvait effrayer ceux qui possèdent tant d'avantages et de moyens.

- Ne t'inquiètes pas avant de les voir, ton fils restera toujours ton fils, ce que tu lui as appris restera au fond de lui, je suis même sûr qu'il te sera reconnaissant d'avoir attendu tout ce temps. S'il demande à revenir c'est qu'il y a un manque au fond de son coeur, on n'oublie jamais son père surtout quand il a été juste et bon ... Après cette longue et lente escapade, les mots nous manquaient, le chemin du retour fut plus long qu'à l'accoutumée, nous reprenions nos vies en silence. La fatigue aidant, il n'y avait plus grand chose à ajouter avant de reprendre la sacro-sainte 2 CV, Emilio tout à son bonheur refermait la porte avec son bout de chambre à air, appuyait trois fois sur la corne de brume et démarrait lentement sur le chemin poussiéreux. Un petit moment de bonheur silencieux s'était installé entre nous, les phrases et les discours n'avaient pas leur place à cet instant. Les deux fenêtres battantes ouvertes, l'air tiède s'engouffrait dans la voiture, le paysage tout au long de la route qui suit la vallée du Bayon jusqu'à Saint Antonin était toujours aussi apaisant et agréable à regarder, si bien que nous nous sommes quittés rapidement une fois arrivés à la ferme, sachant pertinemment que d'autres sorties viendraient rapidement combler nos silences.

Être en accord avec soi-même ...

C'était un dimanche matin, un jour de grand beau temps, au loin on entendait sonner tous les clochers, j'avais presque l'impression que tous se répondaient au fur et à mesure comme dans une urgence, comme dans un besoin de communication et d'unité. Ce n'était que le fruit de mon imagination, mais ces tintements semblaient communiquer entre eux, au fur et à mesure que j'avançais vers la montagne.

- Grand beau temps ! M'avait dit Emilio, après un bref coup de téléphone la veille au soir … si tu as envie, je te propose une sortie près de chez moi … Rendez-vous était aussitôt pris et nous avions convenu que je le retrouverai de bonne heure vers sept heures, au parking Coquille juste après l'embranchement avec la route de Rousset. Je savais qu'il voulait faire une jolie promenade, celle du dimanche, celle qu'on a bien méritée après une semaine chargée, ou alors pour fêter un événement. Cette promenade ne montait pas très haut sur les flancs de la montagne, elle était faite d'abord d'un chemin facile autour du petit mas Coquille, bien caché dans la végétation et qui se distinguait par ses cyprès qui pointaient haut vers la montagne, ou peut-être avait-il envie de faire simplement la promenade sur le sentier qui mène à la maison Sainte Victoire. Je pensais bien le laisser choisir son parcours.

Nous arrivions de concert sur la place de terre toute blanche, il garait son antique 2 CV près de moi dans un nuage de poussière, faisait résonner sa corne de brume à trois reprises, et content de sa théâtrale entrée, ouvrait la portière de sa voiture. C'était effectivement dimanche, il paraissait bien habillé par rapport aux autres fois. Il avait gardé son ensemble de velours foncé, un peu râpé mais tout propre, comme s'il venait de le repasser.

- Tu t'es fait tout beau aujourd'hui, tu as l'intention d'aller à la messe lui dis-je en riant … Il me regardait de son air drôle, un peu surpris, il n'avait pas compris que j'avais remarqué qu'il avait arrangé avec élégance, une lavallière discrète, toute noire, à l'ancienne, autour du col de sa chemise écrue, jaunie par les soleils et les lavages répétés …

- Tu sais très bien que je ne vais jamais voir le bon dieu dans sa maison, d'abord il est partout, il nous regarde aussi bien ici, et je n'ai rien à me faire pardonner … Je savais depuis longtemps qu'il ne fréquentait pas la religion, il se refusait à toute compromission avec une quelconque philosophie ou croyance, qu'il trouvait parfois trop simpliste ou voir même sectaire comme il disait. Sa croyance dans la vie tout simplement, lui suffisait.

- Je n'ai pas besoin qu'on me dise si je fais bien ou mal, je vis chaque jour avec ce monde qui m'a fait et je l'en remercie. Si je me trompe c'est que je suis un idiot qui doit encore apprendre … Plus qu'un air malicieux, il avait cette attitude fière des anciens, qui ne s'en laissent pas conter, et à qui on n'invente pas des histoires pour faire taire les peurs et les incertitudes. Il reprenait le fil de ses idées … Tiens aujourd'hui l'air est sec et frais, on ne va pas se faire souffrir, je t'emmène sur le chemin qui contourne la fermette et qui monte doucement vers la marbrière, c'est facile et on sera facilement revenus pour déjeuner, tu restes avec-moi si tu peux ! Comme je savais que tu venais et que c'est dimanche, j'ai préparé un civet de lapin comme dans le temps. J'aimerais qu'on prenne un peu de temps, ça me fait tellement de bien de discuter avec toi, on ne va pas refaire le monde, mais parler ça me change des poules et des lapins, cette semaine je me suis senti un peu trop seul …

Je décidais donc de rester avec lui, je n'avais pas d'autre projet, et partager un moment autour d'une table serait un régal dans tous les sens de l'expression. Nous contournions gentiment la fermette Coquille, je lui faisais remarquer la beauté du site qui donne au loin sur la Sainte Victoire. Il me montrait de sa canne un bosquet de pins qu'il aimait bien parce qu'il habillait le bas de la montagne. Les arbres très vieux dataient d'avant les grands incendies et dans le port altier de leurs hautes branches créaient comme un abri, comme un refuge, étalant leur sombre verdure sur le calcaire blanc de la colline.

- Quand j'étais jeune, on chassait souvent ici, la propriété n'était pas fermée et on traversait un grand chemin, il n'y avait pas encore de route goudronnée et avec mon père on s'arrêtait en haut à l'ombre pour pique-niquer, c'est plus tard que les cyprès ont été plantés, ils sont beaux maintenant …
Au-dessus des grandes roches la croix de Provence détachait sa silhouette grise sur fond de ciel bleu, l'air frais du matin avait laissé place à une douce ambiance printanière. Sous la montagne face sud, il faisait toujours trois ou quatre degrés de plus que dans la plaine quand le soleil donnait. Le chemin jusqu'à la marbrière abandonnée était parfois un

peu pentu, Emilio soufflait, s'arrêtant souvent pour reprendre un peu d'air. Nous nous sommes assis sur les grands rochers que les carriers avaient abandonnés pour prendre un peu de repos.

- Respire me dit-il en souriant … et c'est plus à lui-même qu'il le disait plutôt qu'à moi … En arrivant à la marbrière, nous nous sommes à nouveau arrêtés, pour contempler le paysage que l'on voyait de haut désormais. On voyait aussi la ferme où il habitait qui bordait le plateau du Cengle.

- Je trouve que c'est beau, et vu d'ici c'est encore mieux, il y a toute la Provence qui va jusqu'à la mer, et je ne vois pas tout cela de chez moi, le ciel, la terre, les collines, les petites montagnes. Tout est dans des tons de bleus en différents dégradés, ils se mélangent tous à perte de vue, c'est magnifique. Il fermait les paupières quelques instants comme pour absorber le paysage et le garder en mémoire. Lorsqu'il ouvrait à nouveau les yeux, son regard était devenu presque gris bleuté comme le ciel au loin, il passait sa main droite dans ses cheveux gris, un peu longs, pour remettre en place une mèche rebelle et souriait du bonheur d'être là, assis face au soleil montant. Sa main gauche posée sur son genou tremblait doucement, il portait à l'annulaire une chevalière en or jaune, elle semblait dépolie, usée par les frottements. Elle était toute simple, sans aucune gravure, ni motif.

- Tu ne portes ta chevalière que le dimanche, lui demandais-je …

- Oui en souvenir de mon père qui me l'a offerte peu avant qu'il ne parte rejoindre les étoiles. Lui, il la portait tout le temps, c'est pour ça qu'elle est usée, mais ça n'est pas grave, et c'est important pour moi, j'ai l'impression à chaque fois de l'avoir encore près de moi. C'est bien le seul trésor que j'ai, même s'il n'y a pas grande valeur dans cette bague, j'y tiens … Il regardait encore dans les lointains, son regard s'était discrètement assombri, me laissant penser qu'il regardait son passé dans cet instant de calme et de silence. Je l'observais une fois de plus, il faisait partie de ce paysage que j'aimais, il était pour moi comme une référence, comme un visage qui force l'admiration. L'homme ne paraissait pas son âge, pas vraiment, quand il était ainsi au repos, calme dans ses amples mouvements, on aurait dit un acteur de cinéma, un monsieur, comme on disait dans le temps et il nous aurait presque fait regretter cette vie d'aujourd'hui.

Toute cette sérénité avait sa raison d'être, il avait beaucoup vécu, des jours difficiles parfois, il avait su en tirer parti et le monde lui appartenait.

- Bon, il serait peut-être temps de redescendre, on va suivre le chemin des muletiers, ça descend tout seul lui dis-je … Il était déjà onze heures, le soleil commençait à chauffer et la réverbération sur les parois de marbre nous donnait une nette impression de chaleur.

Une attente longue et chargée d'espoirs …

- Ce chemin des anciens, j'aime bien le prendre, avec ces virages et ses pentes douces, il permet de prendre le temps de regarder la montagne dans des directions différentes et sous plusieurs angles lui dis-je encore… c'est un moment où je peux réfléchir et regarder toutes les plantes au fur et à mesure de la montée et en voir d'autres en redescendant. J'essaye d'imaginer les trésors de bon sens que les hommes d'antan ont dû développer pour suivre la bonne pente, et ne pas trop fatiguer les bêtes. Le marbre avait ses exigences et tout se faisait avec intelligence et force … Emilio s'était arrêté, il avait posé ses affaires sur une des grosses pierres de marbre gris qui avait visiblement été abandonnées ici, et il regardait vers le haut du chemin que nous venions de descendre depuis quelques centaines de mètres …

- C'est vrai dans le temps nous n'avions pas toutes ces machines lui disais-je sans trop de conviction

- Les hommes devaient être forts et ingénieux à la fois, me répondit-il, il avait du temps et leur savoir-faire pour vaincre toutes les difficultés, ils allaient un peu moins vite, mais avaient-ils besoin de courir ?

Nous avions fini assez rapidement le chemin pour nous retrouver au bord de la route où nous avions abandonné nos véhicules.

- On se retrouve à la maison, tu me suis je vais moins vite ! …

De retour chez lui, je constatais qu'il avait laissé traîner sur sa table la fameuse boîte en fer, la boîte aux souvenirs. Elle était encore entre-ouverte et juste à côté d'une petite assiette ébréchée, il avait laissé bien à plat une photo de son fils encore petit garçon, une photo qui remontait si loin dans le temps où ils vivaient tous en famille dans la maison du grand père piémontais.

- Tiens me dit-il en me tendant la photo … c'est mon fiston avec mon père, il avait à peine 4 ans, j'essaye de me rappeler toutes ces vieilles choses pour pouvoir les raconter à Fausto quand il va venir, il ne doit plus trop se rappeler de tout ça, c'est trop loin … Tu vois là, derrière le grand père on voit bien la montagne avec ses grands pics gris, il regarde les prairies au-dessus de la maison et je me rappelle qu'il avait emmené le petit au bord du ruisseau qui coule en chantant, là où les brebis venaient boire...

- Tu devrais y retourner lui dis-je … tu retrouverais tant de souvenirs sur place et tu serais sûrement content de savoir qui a repris la maison !...

- J'y ai bien pensé, mais c'est un voyage que je ne peux faire seul, même si ce n'est pas très loin, j'attends le fils pour savoir s'il accepterait d'y passer un jour ou deux pendant ses vacances. Comme ça je ferai aussi une photo avec mon pitchoun, comme avait fait mon père, histoire de continuer notre album de souvenirs et pour Fausto j'en referai une autre avec moi, ici au pied de ma montagne, qu'il ait lui aussi une belle image à garder en mémoire...

Emilio avait enlevé sa veste qu'il avait soigneusement suspendue à la patère derrière la porte d'entrée, il marchait lentement tout en me parlant, entrecoupant ses phrases de moments de respiration pendant lesquels il souriait pensivement, comme s'il était un peu ailleurs. La lumière vive à l'extérieur rendait sa pièce à vivre presque sombre, les petites ouvertures voilées d'un léger rideau de tulle blanc vieilli laissaient passer une violente lumière du sud, créant de grandes ombres, accentuant les contrastes. Cette maison avait été conçue pour garder le chaud en hiver et empêchait la chaleur de trop rentrer en été.

- Viens dehors, sous la tonnelle ce sera plus agréable maintenant. Il avait pris une carafe d'eau pure et deux verres … Prends la boîte en fer et viens avec moi !... Nous nous sommes assis tous les deux du même côté de la table, il me servait un verre d'eau fraîche, trinquait à notre bonne santé et ouvrit sa boîte aux trésors. Il reprenait cette même photo que j'avais vu la dernière fois, où son fils plus grand semblait nous regarder bien en face. Il lui ressemblait fortement avec ce même nez et ce regard acier de la jeunesse qui a envie de conquérir le monde. Emilio, le regard encore perdu sur cette image, passait doucement son index sur le visage de ce fils lointain qu'il attendait.

- je l'attends chaque jour dit -il en souriant, maintenant le temps passe vite depuis que je sais qu'il va venir, la vie me semble plus joyeuse, je peux t'en parler et bientôt c'est avec lui que je discuterai … J'ai tant de choses à lui raconter que je ne sais pas s'il aura la patience de m'écouter, et puis il aura aussi toutes ses histoires à lui à me dire, il faut que je rattrape tout ce temps perdu. C'est long une vie, mais c'est tellement court lorsqu'il faut mettre des mots dessus, chacun ne se rappelle que des bouts d'existence, mais j'espère qu'à deux on pourra refaire nos chemins, et retrouver nos vraies racines.

La vie reprend le dessus …

Je comprenais alors dans cet instant que toute sa vie était maintenant tournée vers ce but, la rencontre avec ce fils prodigue. Il ne pensait plus qu'à cela, et il organisait sa vie autour de cet événement proche. Déjà j'avais remarqué qu'il avait profité des beaux jours pour arranger la petite cour autour de la tonnelle, il avait aligné les pots de fleurs et les avait remplis de bonne terre dans l'attente d'une future plantation de printemps. Les petits cailloux blancs avaient été ratissés, et il avait enlevé toutes les feuilles mortes que le vent avait entassé derrière la table au pied du mur d'entrée.

- Tu commences à faire un peu de propreté pour la belle saison, lui dis-je amusé …

- Oui, j'ai envie que tout redevienne beau avec le printemps et comme les journées peuvent être très chaudes au pied de la montagne, je préfère m'y prendre à l'avance plutôt que d'être surpris et ne plus pouvoir le faire. Je n'ai pas envie de prendre un coup de fatigue, et avec le temps j'arriverai à en faire un peu chaque jour, ça me permet de m'occuper, de réfléchir et je respire mon bon air le matin au calme. En plus quand il fait trop chaud, je profite d'une petite sieste avant d'attaquer au jardin en fin d'après-midi.

Nous arrivions début mars déjà, les journées plus longues et plus clémentes laissaient entrevoir un printemps doux. Les vents du Nord avaient cessé leur sarabande depuis quelques jours et la pierre grise des falaises renvoyaient une douce chaleur, protégeant le plateau du Cengle des froids tardifs et des vilaines gelées qui grillent les bourgeons. On sentait l'air plus chaud circuler, emportant les oiseaux vers les hauteurs, balayant de temps en temps un léger nuage de poussière blanche au-dessus des pins qui commençaient à pousser en longues chandelles vert clair.

La lumière de ce dimanche de mars était particulièrement belle, le ciel bleu n'avait pas cette densité du bleu de l'été, il était légèrement teinté d'un blanc laiteux, et l'humidité de l'air ambiant créait une atmosphère tendre. Au-delà de la tonnelle où nous étions assis, je regardais ce jardin arrangé à l'ancienne, sans prétention décorative, je sentais qu'il était fait avec une passion réelle, il était cultivé en planches alignées, avec des sillons bien droits en attente de plantation. Tout autour les herbes commençaient à pousser leurs tendres tiges vertes vers le ciel bleu, il les laissait pour le côté sauvage acceptable autour de ce jardin.

- J'aime bien ton jardin, lui dis-je, j'ai plaisir à le regarder comme si c'était un tableau d'un peintre impressionniste, il y a plein de couleurs différentes entre les massifs d'herbes et les arbres, et cet endroit en plein milieu de la nature, avec la montagne en fond c'est beau, simplement beau !

Il me regardait avec son air goguenard …

- En été c'est encore mieux, parce que partout où je ne cultive pas mes légumes, je sème des plantes à fleurs pour les abeilles qui pollinisent mes fruitiers, et des couleurs j'en ai tout l'été, je n'ai pas besoin de faire des bouquets … il riait de bon coeur, sa bonne humeur était revenue, il paraissait si heureux que je n'osais pas le reprendre, je le laissais s'épancher, il se laissait aller parfois à des blagues de bon ton, de bonnes histoires comme on disait dans le temps.

Tout là-haut, entre le col de Vauvenargues et le col de Saint Ser, sous un lot de nuages blancs portés par les vents d'altitude, deux buses tournoyaient en grands cercles lents, montant de plus en plus haut, poussant de temps à autre un cri perçant. Elles planaient lentement, flottant sur un coussin d'air, éprise de légèreté et de liberté retrouvée dans l'immense azur. Pris dans la rêverie de cet instant, je partais m'envoler aussi pour les suivre et voir le paysage lointain des monts alpins qui pointaient tout au bout de l'horizon. Les neiges de l'hiver avaient laissé quelques sommets blancs briller au soleil, les vallées perdues depuis les hautes terres des Alpes se noyaient dans le bleu violacé des forêts de pins, de chênes rouvres et de yeuses vertes aux feuillages denses. De temps à autre, une couleur plus tendre, plus claire, celle des bosquets de trembles aux feuilles légères teintées de blanc en dessous, venait distraire œil de toute ces masses feuillues qui trahissaient une vie intense sous les frondaisons. La Durance lointaine et le Verdon profond coupaient les monts de leurs entailles, pour arriver jusqu'à la grande bleue perdue derrière nos monts de Provence.

Dans un bruit de roues qui crissent sur le gravier, j'entendais le facteur arriver, klaxonner deux fois et sortir de sa voiture toute jaune pour venir vers Emilio. Il lui tendait une enveloppe et un paquet, attendait une signature et repartait aussi vite qu'il était arrivé.

- Une deuxième lettre, une deuxième lettre d'Amérique ! ... Emilio revenait vers la table sous la tonnelle, posait l'enveloppe et le colis sur la table, il était énervé, agité. Il s'asseyait doucement à la table, installait ses longues jambes sous la chaise, ajustait ses lunettes et prit son temps pour se calmer avant de saisir la lame de son couteau de poche, pour la glisser en tremblant dans le pli de papier blanc. Il tirait d'un coup sec pour le couper sans le déchirer ... Enfin je vais savoir quand ils arrivent, mes enfants vont bientôt être ici, j'ai hâte ... Il s'arrêtait de respirer, puis reprenait une grande bouffée d'oxygène, dépliait la lettre manuscrite et dans un long silence se plongeait dans l'écriture fine que son fils avait couché sur une simple lettre de papier blanc. Il lisait posément, décryptant le sens des mots un à un, comprenant enfin qu'il allait réaliser son rêve le plus fou. Je savais qu'il bouillait à l'intérieur de lui-même, mais en apparence, il était immobile, seuls ses yeux allaient convulsivement de gauche à droite. Son visage impassible semblait baigné d'une grande quiétude, il savait déjà la date de leur rencontre, mais il lisait et relisait comme pour se faire du bien. Me regardant il posait ses lunettes sur la table et dit …

- Je suis tellement heureux, ils seront là dans la première semaine de juillet, ils viennent par la capitale le quatre-juillet, et reprendront un avion pour Marseille pour arriver chez nous le cinq dans l'après-midi … Ce n'était plus la même émotion que celle qui l'avait envahie lors de la première lettre, il avait eu le temps de digérer l'information et avait depuis dominé ses sentiments et tout ce bonheur qui lui parvenait. Il parlait d'une voix plus sûre, la certitude de cette arrivée l'avait depuis, apaisé et ragaillardi. J'étais heureux avec lui, je comprenais toute son attente et je me remémorais aussi tous les désespoirs qu'il avait avant, quand il ne savait pas. Maintenant il vivait une autre vie, un peu d'attente, beaucoup d'impatience, mais il se savait en harmonie complète avec tout ce qui allait arriver, ces retrouvailles étaient désormais attendues et inéluctables.

- C'est un bel été qui arrive pensais-je à voix haute …

- Tu as raison, ce sera le plus beau depuis tout ce temps que j'attends … je vais découvrir la nouvelle génération, la vie ne s'arrêtera pas après moi, et même s'ils sont américains, c'est ma famille qui continue, nous sommes des voyageurs de ce monde. Mon fils a fait le grand saut dans l'inconnu pour partir loin et il revient avec une famille entière … Pendant des semaines j'ai lu et relu sa première lettre, je n'y croyais qu'à moitié tant il y a d'événements dans la vie, mais maintenant j'ai une date, c'est sûr … Il venait de replier la lettre, l'avait mise à sa place dans l'enveloppe et avait glissé le tout dans la poche de sa chemise. Il ramassait la photo ancienne, refermait la boite en métal et se levant dans sa lenteur habituelle me confiait qu'il allait tout mettre en ordre dans la maison et le jardin en les attendant. Il voulait qu'ils soient fiers de leur père disait-il, mais je pensais surtout qu'il avait un peu peur de cette confrontation intergénérationnelle, il voulait à tout prix que tout se passe bien, que cette nouvelle famille entrante soit aussi la sienne à part entière. Il avait tant à partager avec eux.

Je le quittais en milieu de l'après-midi, le laissant tourner en rond, sa lettre en poche, je savais qu'il avait besoin de cette solitude qui vous fait du bien, il pourrait ainsi tranquillement imaginer tout cet avenir qui se présentait à lui. Avant de partir, je lui promettais de revenir au milieu de la semaine suivante, il me saluait d'un grand geste de la main, me tournait le dos et retournait vers son jardin où je savais qu'il allait passer quelques instants pour profiter des dernières heures de la journée descendante. Comme souvent, il allait s'asseoir sur cette vieille chaise en paille brunie par les intempéries, qu'il laissait exprès près de ses plantations. Il s'y sentait heureux, comme délivré du poids de l'instant, tout en se reposant, il regardait pousser ses semis, il observait sa petite nature bien entretenue et posait souvent un regard bienveillant sur la montagne qu'il avait devant les yeux. Il vivait là, un bonheur simple à la mesure de sa vie, il se fabriquait une éternité de joie en restant silencieux et immobile au milieu de l'endroit qu'il avait façonné avec tant de temps et d'énergie.

Début de printemps ...

J'avais depuis une semaine retrouvé mes bonnes habitudes, entre travail à la maison et promenades, et la montagne loin de mes préoccupations ne m'avait pas manqué. Les journées plus agréables et plus douces m'avaient permis de faire un brin de nettoyage au jardin, j'avais moi aussi mis à profit le beau temps pour préparer cette belle saison de printemps qui arrivait à grand renfort de rayons de soleil. Ce vendredi matin, j'étais en train de bêcher un petit carré de terre que j'avais réservé aux futures salades et plantes aromatiques. Je m'étais reposé quelques instants en m'appuyant sur le manche de ma bêche plantée en terre. Immobile, profitant des rayons chauds du soleil de fin matinée, je regardais avec attention ce petit rouge-gorge qui lorsque je m'arrêtais, venait se poser à quelques mètres de moi, attendant d'attraper un ver que je venais de retourner en cassant une motte de terre noire. Silencieux, immobile je ne voulais pas le déranger, j'étais en admiration devant ce petit oiseau si menu, qui osait s'approcher sans crainte. De son œil vif, il ne manquait pas lui aussi de m'observer, et nous partagions ainsi un bout de cette terre dans un petit moment de mutuel respect. Je sentais que le printemps avait engagé toutes ses forces dans la bataille pour faire pousser toutes les plantes en même temps, je décidais de partir pour ce début d'après-midi vers le barrage de Bimont, je savais que la lumière y serait belle. Sachant que je passerai de toute évidence devant la ferme d'Emilio, je ne manquais pas de l'appeler avant de partir et nous avions ainsi convenu de nous retrouver en bas du domaine de Roques Hautes pour faire un grand tour sur les hauteurs.

- Ça va comme tu veux ? … lui demandais-je en arrivant près de sa voiture. Aujourd'hui il fait tellement beau que je n'ai pas résisté à l'envie de sortir …

- Je pensais que tu viendrais plus tôt me répondit-il …

- Le jardin et la maison ont pris tout mon temps jusqu'à aujourd'hui, j'attendais aussi que tu m'appelles …

Il se tenait appuyé sur l'aile avant de sa 2 CV, sa canne posée tout près, il avait mis aujourd'hui une chemise à grands carreaux, une de celles qu'il aimait bien parce qu'il s'y sentait à l'aise, et avait entouré ses épaules d'un pull de grosse laine, juste pour se protéger des coups d'air frais. Nous étions contents de nous retrouver, la nature nous appelait à nouveau, et une grande promenade nous permettrait de remettre à jour nos idées et partager nos dernières aventures. Emilio était de très bonne humeur …

- Je suis trop content de sortir, je commençais à en avoir marre de ranger, nettoyer, tout mettre en ordre, j'avais perdu l'habitude, et le jardin est propre maintenant. Il marchait tranquillement, d'un pas léger, une fois de plus il avait laissé ses petites souffrances à la maison. Quand il parlait il avait la voix claire, un peu grave de celui qui parle sans crainte, une voix que l'on entend bien, j'avais l'impression qu'il avait plein de choses à me raconter, mais il n'était pas pressé et cheminant sur le sentier de la crête du marbre, il parlait de son jardin, des oiseaux qu'il avait entendus, des nuages qui couraient dans le ciel, des dernières gelées … J'avais ainsi l'impression qu'il venait de passer des journées pleines et actives, son jardin avait sûrement changé d'aspect depuis la dernière fois que j'étais venu chez lui, ainsi il me disait qu'il avait tout fait pour préparer les plantations pour les belles journées chaudes qui ne manqueraient pas de venir. Nous avions dépassé l'ancienne carrière fermée pour cause d'éboulement, où on n'apercevait désormais que la grande falaise ocre découpée par l'homme, et quelques énormes blocs de marbre gris et de poudingue qui avaient été laissés en vrac, rappelant aux promeneurs que ce site était avant tout l'œuvre de travailleurs acharnés à tirer de la montagne ces pierres qui leur servaient à la décoration de nobles maisons dans les environs d'Aix-en-Provence, et même jusqu'à Versailles dans les années 1737 et après. Continuant notre montée, je décidais de m'arrêter pour lui montrer, ce que je trouvais toujours beau ici, quel que soit la saison. Sortant du chemin et redescendant dans le bancaou planté d'oliviers, je lui montrais la perspective créée par les murets de pierres blanches et grises, alignés suivants les niveaux du terrain qui guidait œil jusqu'à a croix de Provence, et qui permettaient aux jeunes arbres de s'épanouir à l'abri des vents du Nord sous la grande crête rocheuse, et de s'étaler au soleil plein sud à l'abri des vents d'Est. L'ensemble était parsemé d'ajoncs en fleurs, jaunes comme les boutons d'or, mais piquants et sans odeurs, et de romarins qui démarraient leur croissance en pousses vert tendre avec quelques jolies fleurs d'un bleu violacé très léger. Autour de nous aucun bruit, hormis le bourdonnement de quelques dizaines d'abeilles à peine sorties des froidures de l'hiver, qui venaient à trouver ici de quoi butiner et reprendre des forces. Des abeilles sauvages, toutes noires, qui passaient consciencieusement de fleur en fleur, récoltant avec gourmandise les premiers nectars sucrés. Assis quelques instants sur une belle pierre grise en retrait du champ nous admirions ce paysage harmonieux …

- Tu sais que je viens souvent ici, la perspective est très belle sur la montagne et les randonneurs passent au-dessus sans me voir et beaucoup ne savent même pas que c'est très beau vu d'ici, ils vont vers le plateau sans s'arrêter et ne prennent pas le temps de regarder. A chaque saison, il y a des floraisons différentes avec des plantes qui disparaissent à la fin de l'été, et qui ne fleurissent que vers la fin avril quand il commence à faire chaud. J'ai des souvenirs de bouquets énormes, presque ronds, blancs et jaunes, mêlés aux aphyllantes de Montpellier aux fleurs bleu violacé, posées sur leurs longues tiges vert foncé … mais tout ça ne dure que quelques journées chaudes, après les inflorescences perdent leurs couleurs vives et disparaissent. Pendant ces jours bénis, la montagne devient toute fleurie, elle parade comme si elle allait se marier avec le ciel bleu pur. Partout où on marche, l'odeur des thyms, des sarriettes et des romarins foulés par les pieds dégagent des parfums exaltants qui donnent du plaisir à respirer ce bon air. Et il y a aussi tant de petites fleurs que je ne connais pas, qui naissent au pied des grandes asphodèles roses et blanches. Il me répondait aussitôt d'un air avisé et malin, car il la connaissait la montagne, dans ses moindres recoins, et rien ne lui échappait au fil des saisons …

- Mes fleurs préférées ce sont toutes ces orchidées sauvages, les ophrys, il y en a toujours dans des coins où on s'y attend le moins, elles sont si discrètes que beaucoup passent à côté et c'est tant mieux. Depuis que j'y viens, j'attends chaque printemps pour les voir renaître sur les restanques là-haut, des fois il n'y en a pas. Elles sont toujours très belles et durent assez longtemps...

- Nous avancions doucement dans la pinède haute, qui nous cachait le paysage, il semblait que nous marchions au même rythme que deux anciens qui prennent leur temps, qui savourent cette nature si riche en biodiversité et qui conversent sans que les heures, ni le monde extérieur, n'aient d'importance ... Je regardais vers le lointain en arrivant sur le plateau qui mènent aux deux barrages, et je lui montrais à ma droite un bosquet de chênes verts sombres où la lumière avait du mal à passer ... Là aussi quand on arrive au bon moment il y a une floraison extraordinaire de petits iris jaunes qui poussent au milieu des grands romarins, le paysage avec la montagne au loin devient presque paradisiaque, j'y viens chaque année pour ce moment et surtout au matin, parce que la lumière passe bien dans les feuillages et les buissons. Le jaune des iris fait de petites taches de couleurs partout, et tranche avec les tons bleutés de l'air au loin, et j'ai l'impression de marcher ailleurs que dans cette colline. Avec le lever du jour tout devient différent pendant quelques instants, la lumière change vite, elle passe du jaune clair au bleu transparent dès que le soleil monte un peu au-dessus des barres rocheuses ... Emilio continuait sa promenade dodelinant de la tête comme pour confirmer ce que je venais de lui dire. De temps à autre il zigzaguait entre les buissons pour cueillir quelques brins qu'il portait à son nez en inspirant très fort. Il laissait le parfum l'envahir puis venait à me demander de faire la même chose, me certifiant que les odeurs des plantes au début de ce printemps n'avaient rien à voir avec les odeurs toutes plates de l'hiver, quand la nature est encore endormie. Arrivés à mi-parcours sur le haut du plateau exposé à tous les vents, il y a un banc de bois entre quelques pins, Emilio s'y était assis, il considérait cet endroit un peu comme son jardin d'Éden, où il pouvait respirer longuement en contemplant le vaste paysage dégagé jusqu'aux arêtes blanches de la montagne. Il avait enlevé son pull, le soleil était passé plus loin vers l'ouest derrière nous, éclairant la garrigue et les monts de ses feux légèrement éteints par l'humidité de l'atmosphère. Le paysage tranquille inspirait de la sérénité, ce cadre grandiose méritait cette halte.

- Qu'est-ce qu'on est bien ici, quand il n'y a pas de vent j'y passerais bien toute une après-midi … il s'installait confortablement sur le banc, le dos bien droit, les mains croisées sur ses genoux, respirant calmement et me dit …

- On peut rester un peu, si ça ne te dérange pas, je voudrais en profiter, et on redescendra par le chemin d'où on est venu, ça nous évitera de faire le grand tour cette fois … Il avait allongé ses jambes, se massait les cuisses, repliait plusieurs fois les genoux comme pour faire de l'exercice et s'étirait comme l'aurait fait un sportif.

- Tu as eu d'autres nouvelles de ton fils ? Je tentais une question discrète, je voyais qu'il voulait me dire quelque chose, il n'y avait pas d'urgence sûrement …

- Non pas encore, ça date d'une semaine cette dernière lettre, je l'ai lue et relue au moins dix fois, et j'y trouve tant d'espoir que je ne m'en lasse pas. Des fois j'imagine des situations, j'essaye de voir comment il est maintenant, est-il plus grand et fort que moi ? As-t-il de beaux vêtements ? Et sa femme est-elle belle ? Et mon petit-fils, comment va-t-il me voir ? Tu sais, il y a beaucoup de questions auxquelles je ne peux répondre, il n'y aura qu'au moment où nous allons nous serrer dans les bras que je comprendrais. Je voudrai déjà y être, je suis de plus en plus impatient. Il s'était levé, il écoutait le chant d'une alouette qui venait de s'envoler d'un coup d'ailes rapide et s'était reposer en piaillant quelques dizaines de mètres plus loin derrière les buissons de romarins fleuris.

- Bon il est temps de bouger maintenant, le soleil descend et la fraîcheur va venir vite, je voudrais être rentré avant six heures, j'ai mes poules qui m'attendent et je ne sais plus si j'ai donné à manger aux lapins … Le retour fut plus rapide que l'aller, Emilio restait presque silencieux en marchant, il était devant moi, et regardait le paysage avec toute cette lumière du couchant dans le dos. Il scrutait la ferme en bas, pour voir ce qui pouvait s'y passer, mais rien n'attirait plus son attention, il regardait maintenant vers moi. Dans son for intérieur je sentais qu'il imaginait des réponses, mais encore dans l'incertitude, il éludait mes questions en ayant des réponses mesurées à la hauteur de ses espoirs, et changeait de conversation.

- Regarde vers Gardanne et plus loin derrière, on voit presque la mer, tout le bleu des collines sombres et ce soleil qui doit briller sur la surface de la Méditerranée, on dirait une lumière d'une autre planète, comme si le ciel aspirait la terre et l'eau dans un nuage de brume … Je n'étais toujours pas habitué à ces changements de couleurs et de transparences, je regardais ces lointains comme si c'était une première fois et j'avais cette impression bien ancrée dans ma mémoire, comme à chaque fois que j'allais me promener dans les calanques.

- Tu connais les calanques ? Lui demandais-je …

- Non pas vraiment, je suis allé une fois à Cassis, il y a si longtemps, c'était avec mon épouse avant qu'elle nous quitte, Fausto était encore petit, je le portais dans mes bras, il était lourd. Elle aimait la mer et ne voulait jamais venir dans les collines et la montagne, ce n'était pas son monde, elle craignait la solitude, elle voulait de la ville. Je n'ai jamais fait les promenades sur les grandes roches blanches et je n'ai jamais vu la célèbre calanque d'Envau que sur des photos que des amis m'ont fait voir. Je sais c'est bizarre ce que je dis, alors que tous les gens veulent venir ici en vacances, moi je préfère ma solitude dans ma nature et la mer ne m'attire pas, en tout cas moins que la montagne. Plus bas avant d'entamer la descente vers la crête du marbre, il s'arrêta quelques instants, droit comme un piquet, la canne plantée au sol, le regard fixe au loin. Il regardait les derniers contreforts de la montagne éclairés doucement par le soleil du soir, toutes les arêtes de roches se voyaient comme si on y était tout proche, il me dit …

- Tu vois, je comprends tous ces peintres qui viennent ici pour peindre comme le grand Cézanne, ils trouvent cette lumière que je vois maintenant, c'est tellement beau qu'on se laisse happer par le moment comme si on rentrait dans une image, et c'est ça que je veux montrer aux enfants bientôt. La lumière de l'été ne sera pas la même, elle sera plus dure, plus blanche, elle fera mal aux yeux, et puis on aura chaud, on ne pourra pas faire des promenades aussi longues …

Reprenant lentement sa marche, il baissait la tête comme pour rentrer dans ses pensées, je sentais qu'il avait hâte d'être chez lui, il se taisait et continuait ses rêveries autour de sa montagne. Nous nous quittions sur cette fin de promenade, claquant la portière de son automobile de collection, il démarrait et me jetant un dernier regard, me proposait une prochaine rencontre au gré du temps et des envies de chacun.

- À la prochaine me dit-il j'aurais sûrement quelques nouvelles, je vais essayer de téléphoner à mon gamin avant qu'il ne m'ait oublié...

- Tu me diras... j'ai hâte de savoir, à bientôt ...

Une dernière fois ...

Le temps s'était écoulé en journées paisibles et printanières, et il n'y avait pas si longtemps que notre dernière promenade nous avait emmené sur les sentiers faciles. Pourtant trois bonnes semaines s'étaient enfuies je ne sais où, la saison avait bien amorcé sa tendance vers plus de douceur, alternant entre chaleur et fraîcheur, avec quelques gelées bien piquantes. Le cours lent de la vie reprenait le dessus, très vite je me remettais dans mes habitudes, mêlant moments d'attente, instants de farniente, mais aussi d'envie de reprendre mes escapades oxygénées vers la grande montagne grise qui dominait le paysage provençal Aixois. Je voyais les couleurs changer dans les monts et collines autour de la maison, et les températures plus clémentes incitaient les plantes à des poussées de sève dans une urgence qui se faisait plus forte de jour en jour. Ce mardi matin, n'y tenant plus je prenais la décision d'appeler Emilio, nous décidions de nous retrouver chez lui comme souvent, pour une longue sortie au soleil.

- Tu penseras à mettre de bonnes chaussures, on va faire un grand tour ... me dit-il d'un ton enjoué. À sa voix je comprenais qu'il était en forme et que le printemps coulait aussi dans ses veines. Il était aux environs de onze heures lorsque j'arrivais chez lui, le portail était grand ouvert, il avait garé sa 2 CV devant la cour et je savais qu'il était fin-prêt. Je ne me hâtais pas pour me rendre de l'autre côté de la maison, et pendant quelques longues secondes, je regardais derrière moi la silhouette de la montagne qui dominait dans la blanche lumière du matin. Instinctivement je me remémorais le nom des cols et des sommets que je connaissais et que j'apercevais d'ici, chaque endroit me rappelant une promenade, et des souvenirs intenses remontaient. Je me revoyais encore arriver au col des Portes, continuer mon sentier jusqu'au Pic des mouches, passer par le Baou de l'aigle pour atteindre ensuite le Baou de Vespre qui domine au-dessus de la ferme d'Emilio, et voir toute la chaîne jusqu'à La

Croix de Provence pour scruter tout le paysage jusqu'à la grande bleue.

- Serais-tu en train de rêvasser à des balades sans moi ?... Il me surprenait en arrivant doucement derrière moi, je n'avais pas entendu ses pas sur le gravier, il s'était fait tellement discret.

- Oui, bonjour ... j'étais là-haut lui dis-je en lui indiquant la crête, comment vas-tu ?... Je me souvenais de quelques grimpées difficiles que j'ai pu faire tout seul, là-haut au-dessus de chez toi, je n'avais pas le privilège et le plaisir de te connaître à cette époque ...

- Ah ! Je les ai faites aussi, mais maintenant je n'y retournerais sûrement pas, j'ai passé l'âge de faire le jeûne sportif qui ne craint rien, c'est devenu trop difficile ... La raison l'emportait sur l'envie, il avait appris à se mesurer avec la nature et n'outrepassait pas ses capacités.

- Viens avant de partir, j'ai préparé un petit en-cas pour prendre des forces ... il me guidait vers la tonnelle, sous les premières feuilles qui faisaient un peu d'ombre sur la table, il avait mis deux assiettes, un pâté dans un bocal, des cornichons, quelques olives cassées vertes et brillantes, et l'inévitable bouteille de vin rosé du domaine viticole proche, posée à côté d'une miche de pain bien cuit. De ce côté de la maison il faisait presque chaud, à l'abri de tous les courants d'air, sa tonnelle laissait la lumière du soleil trembler au travers des feuilles vert clair, et la table semblait s'éclairer d'une multitude de points blancs autour de ces agapes bien provençales. Comme toujours, il savait recevoir, simplement mais avec tant de chaleur humaine, qu'il était difficile d'y résister.

- Merci pour la table, j'avais préparé un casse-croûte au cas où, mais tu m'as devancé ... Nous nous sommes assis, prenant notre temps pour goûter ce qu'il avait préparé, et pendant qu'il dégustait une tartine de pâté découpée avec soin avec son couteau de poche, il me disait entre deux bouchées vouloir faire une promenade inhabituelle profitant de ma présence ...

- J'aimerais qu'on fasse ensemble le sentier Imoucha, avec toi je serai en sécurité pour monter au moins encore une fois jusqu'à la Croix.

- Je croyais que tu ne voulais plus monter en haut de la montagne, que c'était trop difficile pour toi !...

- Non la dernière fois que je te l'ai dit, c'est quand nous étions en bas des deux Aiguilles, je ne veux plus grimper dans la roche, mais ce chemin-là, il est fait pour tout le monde, et au moins j'aurais encore le plaisir de revoir toute ma Provence d'en haut, je ne pourrai pas y aller avec mon fils et le petit, ce sera trop difficile cette année, et ils n'auront peut-être pas envie ...

- Oui je comprends, lui dis-je, mais au fait tu as eu des nouvelles au téléphone, il ne devait pas t'appeler ?

- Si j'ai eu mon fils il y a deux semaines, c'est moi qui l'ai appelé au numéro qu'il m'avait écrit, il n'avait pas beaucoup de temps. Il était à son travail, je me suis trompé d'heure, avec le décalage horaire ce n'est pas facile. C'est lui qui m'a rappelé quelques jours après, tu ne peux pas savoir combien j'ai été heureux ... Avec force gestes de ses mains qu'il tordait dans tous les sens, il me racontait par le menu tout ce qui s'était dit lors de cette longue conversation, il avait un air tellement heureux que je ne l'interrompais pas, et pendant presque une dizaine de minutes, j'écoutais le récit des diverses nouvelles qu'il avait apprises. Il était tout à son bonheur, de phrases en bouchées gourmandes, il me contait ce que son fils vivait loin d'ici, dans cette Amérique pleine de promesses dans laquelle il avait trouvé sa place, sa nouvelle vie familiale, ses loisirs, comment il vivait chaque jour, et ce petit fils qui enchantait ses journées. Je voyais qu'il avait vraiment envie que le temps s'écoule vite maintenant pour enfin vivre des retrouvailles qu'il espérait depuis tant de temps. Nous terminions tranquillement ce petit repas léger, le soleil de midi avait réchauffé l'air, la lumière blanche tapait sur les falaises derrière la maison, il était temps de partir pour profiter de cette journée printanière. Emilio m'emmenait tranquillement jusqu'au lac de Bimont en passant par la route derrière la montagne qui passe à Vauvenargues. Chemin faisant, il me racontait ses diverses promenades dans les collines, me donnait envie de découvrir d'autres façons de voir la Sainte Victoire. Il me parlait de ce qu'il découvrait, me décryptait la vie de cette nature, me donnait quelques détails sur les plantes qui sortaient au début du printemps, le chant des oiseaux, je sentais que toute vie était motif à observer et à partager. Il parlait d'une voix haute comme s'il avait peur que je n'entende pas, ses mots semblaient flotter dans l'air comme une douce musique accompagnant le renouveau de ce printemps plein de promesse.

- Si tu savais comme je suis heureux en ce moment, disait-il ...

- Je lui répondais que je n'avais aucun doute sur ce fait, il semblait rajeuni, ragaillardi. Ses conversations avec son fils l'avaient réconcilié avec l'époque, il avait oublié les déboires de la vieillesse naissante, et considérait très certainement que tout restait à faire, et cette belle promenade que nous allions faire était le signe prometteur pour de beaux moments à venir.

Nous étions arrivés à Bimont, en passant au-dessus du barrage je regardais l'eau verte du lac, le miroir de la surface reflétait les berges sombres tout autour, la montagne au loin détachait sa silhouette au-dessus des forêts de pins qui couraient sur les flancs des collines, tout le paysage semblait noyé dans le vert des forêts, en contraste avec le ciel pur.

- Tu es sûr de pouvoir aller en haut aujourd'hui, c'est assez loin quand même ...

- Oui ne t'inquiète pas, je me suis bien reposé ces derniers jours, et j'ai vraiment envie d'y aller ... il marchait la tête haute, chevelure au vent, j'avais l'impression qu'il gambadait. À la longue montée entre les pins et le plateau en prairie, succédait une montée lente sur des zones découvertes, plus rocheuses, nous avions ralenti le pas, les pins avaient laissé place à la garrigue, les romarins, les thyms et les cistes accompagnaient nos pas au milieu des rochers.

- J'aime beaucoup cette vue, lui dis-je comme pour attirer son attention, mais il continuait infatigablement à poursuivre et un pas après l'autre il avançait indéfectiblement vers le but qu'il s'était fixé. Ho ! Emilio, on s'arrête deux secondes, on ne fait pas la course ... il s'arrêtait sur un gros rocher, content malgré tout de s'asseoir, et prenait du temps pour regarder vers le sommet.

- Tu sais en pensant à être là-haut, j'en oublie de boire un peu, j'ai trop d'idées qui trottent dans ma tête, dans mon impatience j'oublie parfois des choses essentielles. Il me reste moins de trois mois avant de les voir tous, le temps passe si vite que des fois j'en ai peur. S'il passe si vite maintenant, il passera aussi vite après quand ils seront avec moi, j'ai tellement peur qu'ils n'apprécient pas ma Provence, je suis si bien ici qu'aucun autre endroit au monde ne peut me faire envie, et puis vieillir maintenant c'est trop tôt, je me dois de rester jeune, mon petit-fils a besoin de moi. Est-ce que tu te rends compte, je n'aurai que quelques jours pour faire connaissance vraiment, et aussitôt ils devront repartir ...

- Oui je sais, c'est le principe des vacances, le temps est toujours trop court pour être avec ceux qu'on aime, les séparations sont toujours difficiles dans ces cas ... il me ramenait à ma propre réalité, ce souvenir si difficile lorsque mon dernier fils avait quitté la maison, j'avais passé une journée terrible entre angoisse et peur de ne plus le revoir.

Emilio vivait des moments alternants entre bonheur, joies immenses, attentes et parfois peurs, mais il ne laissait jamais passer toutes ces heures noires dans sa façon d'être avec moi et je l'en remerciais discrètement.

- Tu es vraiment forme en ce moment, les bonnes nouvelles te font beaucoup de bien, et depuis je ne te vois plus te plaindre comme si le monde avait changé …

- C'est ça , c'est ce que je ressens … il s'était levé, tendait sa main gauche vers la montagne et dit … j'ai encore tant de sang jeune qui coule dans mes veines, et j'ai tant à leur dire à ces enfants qui ne connaissent pas mon pays, que je vieillirai comme la vieille dame grise, j'ai la peau dure comme elle … il lui arrivait parfois de s'emballer, d'imaginer plein de mondes meilleurs, c'est ce qui lui restait maintenant et il voulait encore le partager, il avait trouvé sa raison de vivre encore longtemps. Il avait retrouvé le chemin qui s'était séparé en deux il y a bien longtemps, et il comptait vraiment n'en faire plus qu'un désormais.

Comme un au revoir …

Cette dernière promenade haute était une épreuve, il avait encore envie de se dépasser, peut-être de se mesurer après tant d'années. Il savait que ses forces n'était plus celles de sa jeunesse vive, mais il se sentait résistant et plein d'envies. Remonter ce chemin me semblait long pour lui, mais dans ce parcours, il y mettait du cœur et tant de bonne humeur que j'avais plaisir à le suivre. Reprendre ce chemin n'était pas une épreuve physique insurmontable et nous montions lentement au rythme du terrain, faisant souvent de petites haltes dès que nous nous sommes approchés de la partie totalement rocheuse, avec le sommet en point de mire.

Il jubilait d'être à nouveau au-dessus, il y avait si longtemps qu'il n'y n'était pas venu, et je comprenais très bien que ma compagnie avait été le déclencheur qui lui permettait de se sentir accompagné en sécurité sur les chemins plus escarpés. Arrivé au Pas de l'Escalette, un peu essoufflé il s'était arrêté sur ce gros rocher qui indiquait le parcours fléché jusqu'à la Croix de Provence, en position dominante il regardait tout ce long sentier qui suit la crête et dit ...

- Quand je regarde ce chemin, j'ai l'impression de l'avoir toujours fait, il est comme ma vie, des hauts et des bas et surtout ça n'est jamais fini, il continue à grimper et parfois c'est plus difficile d'aller au bout, il faut faire plus d'efforts ... Je ne voulais pas trop rentrer dans son jeu, malgré son plaisir de se retrouver ici, il pensait à son âge, aux difficultés de la vie qu'il avait rencontrées et pour lui, cette ascension facile était quand même un tour de force qu'il s'imposait une fois de plus. Il m'avait déjà suggéré, qu'il ne savait pas si un jour il pourrait la refaire et en profitait pour savourer encore plus cet instant. Il sortit de sa musette une bouteille d'eau qu'il avalait à grands traits, le regard fixe sur le chemin il ne regardait plus vers le haut, il y était déjà mentalement.

- J'aimais bien y venir au coucher du soleil en fin d'été, disait-il encore, il ne fait pas trop chaud et le soleil plus bas donne des lumières extraordinaires sur toute la chaîne surtout quand tous les rochers prennent des couleurs orangées presque rouges parfois … il retrouvait les plaisirs de ses promenades solitaires, il y a quelques années en arrière …

- Aujourd'hui ce n'est pas pareil, la lumière est blanche et c'est pour le plaisir d'être avec toi que j'ai voulu faire cette sortie, et je sens que les jambes ne veulent plus trop grimper, mais maintenant je vais y arriver. En plus mon fils n'aime pas vraiment marcher longtemps en montagne d'après ce que j'ai compris, il préférerait emmener son petit et sa femme sur la côte d'Azur comme il dit. Oh il a bien raison, pourquoi se fatiguer si on n'est pas motivé ? et le petit, ses jambes elles ne sont pas encore assez fortes pour tout ça, c'est une aventure pour les grands et je n'ai pas envie qu'il se fasse du mal… Au fait j'ai réussi à avoir mes enfants d'Amérique au téléphone ! … J'avais complètement oublié de te le dire avant, en plus je sais maintenant le prénom du petit "Luciano, Luciano-Emilio". Mon fils a gardé la tradition, il a donné en deuxième prénom celui de son père, comme je l'avais fait avec Fausto, Fausto-Adriano du prénom de mon père dans le Piémont. Tu ne peux pas savoir combien j'en suis fier, les valeurs familiales ne se perdent pas ! … Il avait le visage transcendé, un large sourire lui barrait le visage.

Il m'expliquait alors qu'il avait eu son fils deux fois au téléphone, que ses vacances ne dureraient qu'une quinzaine de jours et qu'il voulait montrer la région à sa famille, et surtout à sa femme Jenna qui rêve depuis toujours de voir la fameuse "Côte d'Azur". Il avait déjà prévu tant de sorties qu'il ne pourrait pas faire des randonnées longues et difficiles, même si c'était beau. Je le sentais un petit peu désappointé, pas déçu, mais un peu contrarié.

- Mon petit-fils aime la piscine et comme il n'y en pas à la ferme, ils iront à la mer et j'irais aussi avec eux, ça me permettra de découvrir la côte que je n'ai jamais vue ... Il avait déjà imaginé son calendrier de vacances rempli, et je le voyais ravi de vivre ces moments en imagination ... J'ai aussi parler avec sa femme Jenna et le petit qui a maintenant trois ans, il commence à bien prononcer quelques mots en français, mais la communication va être difficile, je n'ai pas l'habitude, et il sait un peu que je suis le grand-père qu'il va bientôt voir, je suis vraiment impatient. Après être passés par le Pas du moine, et Colle basse, nous étions tout près du sommet, il jubilait. Dernières roches escarpées, atmosphère caillouteuse, sentier étroit, encore quelques dizaines de mètres, nous passions à côté du Prieuré pour finir par arriver tout en haut au pied de La Croix.

- Nous y sommes dit-il, rien n'a changé depuis tout ce temps, heureusement que la zone est protégée, la nature reste intacte maintenant, et personne ne doit la modifier ... nous nous sommes assis au pied de l'édifice, la lumière très vive à cette hauteur nous faisait serrer les paupières pour mieux voir. Emilio regardait tout le paysage en portant sa main au-dessus des yeux, il sondait les lointains bleus de l'horizon qu'il n'avait jamais dépassés, et que bientôt il découvrirait avec son fils. Les lueurs trop vives de l'après-midi resplendissaient dans une atmosphère toute blanche au-dessus de la mer, les monts si habituellement azuréens du massif de l'Étoile semblaient alors translucides, disparaissant dans le lointain transparent. Il venait de sortir de sa poche un mouchoir et s'essuyait les lunettes, quelques traces humides perlaient de ses yeux ...

- Tu pleures lui dis-je ... il me répondait que non, c'était une émotion forte que d'être là, une fois encore pour voir son pays d'adoption, il savait dans son for intérieur qu'il n'y reviendrait plus. Ses occupations, sa vie nouvelle avec sa petite famille reconstituée, ses forces amoindries, tout cela l'empêcherait de le faire de cette façon, et à sa manière il me remerciait chaleureusement d'être là avec lui pour cette belle sortie. Pour lui c'était une victoire sur le temps, sur la vieillesse et elle grandissait l'affection que nous nous portions mutuellement.

De beaux moments ...

Il essuyait ses larmes de bonheur sans me regarder, puis se levait lentement, il faisait un dernier tour, tout autour de la croix en regardant le paysage à trois cent soixante degrés. J'étais un peu triste de le voir faire ainsi, je savais qu'il pensait à ne plus y revenir et chargeait sa mémoire de tous les horizons, pour pouvoir se souvenir et en parler après. Il regardait les Alpes au fond, là où quelques sommets blancs au-delà des massifs du Verdon pointaient vers le ciel clair de grandes masses grises encapuchonnées du blanc des neiges de printemps ...

- Le pays de mon enfance c'est là-bas, derrière les sommets, mon pays maintenant c'est ici sous mes pieds, mais il me tarde d'y retourner un jour dans mon Piémont où j'ai de beaux souvenirs ... Debout sur la pointe rocheuse, il me paraissait grandi, sa chemise sortie du pantalon, flottait au vent léger, j'aurais presque imaginé un gamin heureux d'avoir atteint son objectif, tout à son bonheur de dominer tout ce paysage, comme si le monde lui appartenait ... Merci pour ce beau moment ! ... me dit-il avec un sourire grand comme ça ... J'ai vraiment beaucoup de plaisir à être venu jusque-là, je ne savais pas si j'y arriverais vraiment, il y a tellement de gens qui s'arrêtent en route ... Il me faisait penser à tous ces promeneurs qui pensent pouvoir gravir facilement et que je rencontrais parfois assis sur le bord de chemins escarpés qui me disaient être trop fatigués pour affronter les dernières pentes trop raides et trop cailluteuses ... Tout à coup, tendant les bras après avoir posé sa canne et sa musette, il s'était juché sur un gros bloc de roche pour dire ... Tu vois il y a des millions d'années que la montagne grandit et moi je suis tout en haut, c'est magique... il savait mesurer les efforts qu'il avait fait pour arriver là aujourd'hui, son bonheur était à la hauteur de ses envies, et malgré son âge il gardait cette verdeur, cette énergie à vivre de façon intense, je me demandais si ce n'était pas une forme de bonheur instinctif, comme une thérapie contre la vieillesse qu'il avait acquise avec le temps. Nous avions accompli ce pourquoi il était là aujourd'hui ...

- Bon, il serait peut-être temps de redescendre, et tu ne m'as toujours pas tout raconté sur tes derniers appels avec les Amériques. Tu ne me donnes que des miettes, et ma curiosité l'emporte, dis-moi tout !

- Oh il y a tellement à dire que je ne sais pas par où commencer, je suis toujours dans la plus grande confusion, mon esprit n'arrive pas à tout remettre dans l'ordre ... il s'arrêtait quelques instants pour puiser quelque énergie dans son paysage qui le rassurait avant de reprendre ... Tu sais me dit-il, le regard égaré une fois de plus dans les méandres de son imagination, il y a si longtemps que je suis perdu dans ma solitude que j'ai du mal à imaginer ce retour familial, un fils que je dois redécouvrir, sa femme américaine Jenna, et leur fils Luciano que je ne connais pas autrement qu'au travers des quelques mots qu'ils ont su prononcer pour me faire plaisir, des fois j'ai un peu peur ...

- Rassure-toi lui répondis-je, passé le moment délicat des premières présentations, tout va toujours très vite et tu seras étonné de ce que la jeunesse peut t'apporter, je t'envie un peu sur ce coup, c'est une belle nouvelle aventure !

Il me regardait d'un air incrédule et pourtant il souriait comme si une évidence venait à lui dire intérieurement que cette promesse de jeunesse était pour lui un immense cadeau enveloppé d'un merveilleux papier doré. Je savais qu'il touchait du doigt une douce folie faite d'espérance de jours meilleurs, de contacts familiaux et d'une vie moins rude, moins solitaire, un nouveau but s'était insinué dans sa vie.

- Si tu savais comme je suis heureux, même si je ne le montre pas trop, je ne voudrais pas paraître indécent avec tout ce bonheur qui m'arrive ... n'y tenant plus il esquissait trois petits pas de danse malgré les grosses chaussures de randonnée. Je le sentais transporté, il avait l'âme légère et sereine, le feu de la joie intérieure l'avait transformé, il retrouvait sa vivacité comme s'il avait avalé une grande bouffée d'oxygène pur ...

- Bon ce n'est pas le tout, on a encore un peu de chemin à faire sur le retour, dans le temps je serais passé par le haut des sommets et je serai redescendu en face de la maison, mais c'est trop long ! Il n'aimait pas montrer ses faiblesses et avait du mal à accepter que son corps ne suive plus autant qu'avant. Pourtant dans un moment comme celui-là, il se laissait aller à des confidences, il acceptait de confier ses craintes, mais ne mettait jamais ses capacités physiques amoindries en avant pour s'excuser. Le chemin du retour fut tout aussi agréable que l'aller, il ne me parlait plus de sa prochaine vie, et revenait aux attentions qu'il portait à la nature. Il me faisait remarquer la beauté des romarins en fleurs avec leurs fleurs si petites et cette odeur qu'on ne trouve que dans le Sud, me montrait une de ces abeilles sauvages qui butinait consciencieusement, écartait doucement les branches d'un bosquet de cistes à peine fleuries pour me laisser entrevoir toute la beauté d'un groupe de petits iris jaunes qui pointaient leurs fleurs vers la lumière pour offrir leurs pétales aux insectes avides de nectar sucré. L'instant n'était plus à l'inquiétude, il était redevenu lui-même, cet homme si près de la nature. Même avec ses difficultés à se baisser, il était capable de s'asseoir à terre et en se tortillant arrivait à se pencher délicatement au-dessus des fleurs nouvelles, rien que pour humer les senteurs fines et profondes.

- Tu prends le risque de ne plus pouvoir te lever lui dis-je en rigolant.

- Je ne l'aurais pas fait si tu n'avais pas été là pour me filer un coup de de main, répondit-il, mais la tentation est trop grande, depuis toujours j'ai adoré sentir toutes ces odeurs si sucrées, je comprends pourquoi les abeilles et les papillons les aiment tant … La lumière transparente et douce de la fin de journée dessinait des pentes légères sur la montagne, les reliefs semblaient moins marqués dans la roche, les contours des bosquets s'entremêlaient naturellement dans une belle harmonie de tons verts, tachés par les derniers ocres des feuilles des chênes rouvres que le vent n'avait pas encore décrochées, et créaient un monde de forêts et de buissons vivants, à l'image des contes de fées, dessinés pour les enfants. Un soleil timide passant au travers des légères brumes de haute altitude, caressait lentement les formes arrondies et féminines de cette verdure qui tranchait sur le gris de la montagne lointaine. J'avais l'impression de contempler une aquarelle de Turner avec tous ces tons forts et aériens, que l'eau pleine de pigments légers dessine toute seule sur le papier, sous le doigté magistral de l'artiste. En écoutant silencieusement, j'avais l'impression d'entendre la respiration des garrigues autour de moi, comme une lente et puissante force qui depuis les profondeurs de la terre aspirait et expirait au gré des bouffées de vent venus de l'Ouest. Tout le paysage verdoyant prenait selon les coups de vents des teintes anisées puis redevenait vert foncé, pour ensuite s'éclairer en tons éclatants au passage des rayons du soleil. Emilio avait pris son temps, et se retournant vers moi me demandait un coup de main pour se relever, il essuyait son fond de pantalon et regardant dans la même direction que moi vers la montagne, me susurrait sur un ton presque confidentiel …

- C'est beau … C'est beau aussi le soir, et tu vois il n'y a personne pour regarder, les bruits se sont envolés, la nature prend son temps pour se préparer à la nuit … Le vent avait laissé tomber sa hargne, il ne restait plus qu'un léger filet d'air fraîchissant, partout sur le plateau, les teintes prenaient une fine couche d'or que le ciel déversait un peu plus à chaque seconde au-dessus du pays d'Aix.

Symphonie ...

Il y a des routes et des chemins qui se croisent, des vies qui se construisent et qui changent tout ce qui vous entoure, comme dans un ciel bleu traversé par de lourds nuages pendant l'orage, où le vent emporte les feuilles et bouleverse la nature, et qu'une pluie bienfaisante et chaude vient à faire reverdir les collines séchées par le mistral. Emilio venait de vivre pendant ces quelques semaines d'une attente insoutenable parfois, cet orage de bonheur, et tous les bouleversements annoncés ne lui faisaient plus peur, il s'était préparé à ce grand retour, comme si tout à coup la vie avait fait demi-tour pour lui redonner jeunesse, envie et espoir. Le mois de mai arrivait déjà à mi-course, les premières vraies chaleurs avaient séché les flancs de la montagne et la température avait gagné quelques degrés, allant parfois jusqu'à de belles chaleurs laissant présager un été chaud. Au hasard de nos sorties, nous prenions le temps de vivre notre montagne, partageant nos découvertes, refaisant les chemins que l'hiver trop froid ou trop venteux nous avait empêché de parcourir. Le printemps avait fait pousser des milliers de plantes jusque-là cachées, essaimant des bouquets de petites fleurs multicolores sur toutes les pentes et à toutes les hauteurs. La nature éclatait dans une symphonie de tons verts tapissés par les taches bleues des petites aphyllantes, blanches des ornithogales, accrochées à la terre au coin des rochers, ou encore, des grands asphodèles en plein délire de beauté printanière. Toute les plantes étaient au rendez-vous des belles journées, avec encore le jaune des derniers iris nains ou des petites jonquilles sauvages aux couleurs acides, sans oublier les fleurs de cistes cotonneux qui dévoilaient leurs robes de papier de soie dans des tonalités de rose, de blanc ou de violet à la finesse incomparable comme celle des parures de soie, que seules les femmes savent arranger à la belle saison dans les rues d'Aix, avec leurs parures éclatantes au soleil de l'été.

Le temps de l'insouciance heureuse était revenu, chaque semaine, je sortais dans les collines de la Sainte Baume aux forêts profondes, ou encore dans le massif de la Loube pour varier avec les promenades de la Sainte Victoire enchanteresse. Le beau temps revenu, je retrouvais les sentiers profonds qui mènent aux berges du Caramy, j'arpentais des chemins plus éloignés des monts de Haute Provence pour respirer le bon air de cette riche campagne, ou encore visiter les corniches majestueuses des gorges du Verdon. Avec ce temps qui passe si vite, nos rencontres avec Emilio s'étaient involontairement distanciées, chacun ayant sa vie intense dans son coin de paradis. Je ne l'oubliais pas pour autant, je savais qu'il était en pleine préparation pour la venue de son fils. Je l'appelais de temps à autre, prenant des nouvelles de sa santé, il avait fini ses plantations de printemps, il avait rangé la maison, il était fin-prêt pour une nouvelle vie. Nous avions convenu d'une sortie pour retrouver le plaisir de faire quelques pas ensembles et partager nos dernières nouvelles fraîches.

Parvenu déjà à la mi-juin, je partais de bon matin, une bonne heure avant le lever du jour, je passais le prendre chez lui. Comme d'habitude il était prêt, il m'avait préparé un bon café bien chaud avec trois petits gâteaux secs, et le temps de me donner quelques nouvelles de son jardin qui commençait à produire de belles salades, il mettait ses chaussures de marche, rassemblait ses affaires autour de sa musette, et attendait que je finisse ma collation en souriant.

- Tu vas nous faire rater le lever du soleil me dit-il, cela fait longtemps que je n'en ai pas vu et ça me manque, mais je suis trop occupé … Il tournait en rond autour de la table, exprimant une impatience que je ne lui connaissais pas, il avait besoin de sortir, de marcher dans la montagne, de retrouver le vent d'en haut et de voir les nuages s'évaporer, lorsque le soleil envoie ses rayons depuis l'Est blanchissant et que tous les détails de la montagne se révèlent lentement dans une splendeur colorée et grandiose.

Nous avions pris le pari de voir le soleil se lever depuis Plan d'en Chois, parce que ce n'était pas trop loin de chez lui, et qu'il voulait être au plus près des grandes roches pour voir la lumière dessiner les reliefs sur la montagne. Arrivés à l'heure bleue quand le ciel noir laisse passer de plus en plus de lumière rasante à l'horizon, nous grimpions les roches grises dans l'ombre sans mot dire. Les profondeurs sombres de l'univers prenaient des teintes aux tonalités outremer d'abord, effaçant les étoiles une à une sur la toile constellée du ciel pour s'éclaircir doucement et devenir de plus en plus bleu azur, nous nous sommes alors assis en haut de la barre de roche la plus haute que nous avions pu atteindre.

- Tu me fais marcher un peu vite me dit-il, je n'ai plus vingt ans, je suis essoufflé, je vais rester là, il y a toute la vue sur la Croix de Provence, sur les grandes falaises du Garagaï et on voit aussi un peu les sommets du mont Aurélien ou tu habites … Il avait posé toutes ses affaires, s'était assis le plus confortablement possible sur un gros rocher, en gardant les jambes bien arc-boutées sur le sol pour ne pas glisser, et s'était emmitouflé dans sa veste chaude en fermant le col et réajustant son chapeau. Un léger vent d'Ouest nous venait dans le dos, le silence installé depuis la nuit avait une intensité si forte que nous restions muets. De temps en temps le chant mélodieux et lointain d'un oiseau à peine réveillé venait troubler la symphonie du vent dans les branches.

- J'ai l'impression d'assister au début du monde lui dis-je doucement, avec cette lumière qui change et ce vent qui caresse les branches comme l'archet sur les cordes du violon. En fermant les yeux j'entends les accords du Concerto No.21 en C majeur de Mozart, les oiseaux qui chantent sont comme les notes du piano … L'instant était magique, nous contemplions une œuvre d'art unique, un moment d'éternité rempli de sensations intenses et de joies qui nous dépassaient.

Le silence, le vent, les premières sensations du jour naissant, les divines couleurs insondables de la haute atmosphère qui se modifient de seconde en seconde, tout était réuni pour nous enchanter. Emilio restait figé devant la beauté du paysage, depuis quelques minutes il était comme statufié, emprisonné par les lumières lointaines qui attiraient son regard. Je sentais en lui cette joie immense qui vous parcourt quand l'infinie beauté de la nature capte tous les sens, nous séduit, et nous laisse sans voix devant ce spectacle chaque fois différent. Tout en restant dans la discrétion que je lui connaissais, il disait tout l'amour qu'il avait pour sa montagne maintenant qu'il allait pouvoir partager sa passion avec ce fils qui lui avait promis de revenir.

- J'ai bien vécu jusqu'ici, j'ai de la chance d'être encore en bonne santé et je sais que j'ai encore de longues années devant moi, j'aimerais bien voir mon petit Luciano grandir, devenir à son tour un homme, un vrai … Je pourrais lui apprendre ma montagne, je suis sûr qu'il aimera mes collines comme je les aime, il mettra ses pas dans les miens sur les mêmes chemins que je parcours depuis tant d'années, je lui montrerai la beauté simple, celle des plantes, des jolis insectes et puis il apprendra le chant des cigales, il reconnaîtra les mélodies de tous les oiseaux d'ici … Dans ses réflexions, il se créait tout un programme d'amour, il imaginait une vie de bonheur, il savait que tout ce qu'il avait vécu seul, ne pouvait pas rester inutile et se perdre …

Le temps des vacances…

Juin avait annoncé sa venue avec de fortes chaleurs, la nature resplendissait partout, les vents violents et perfides de la mauvaise saison avaient fait place aux alizés venus de la grande mer, et la chaleur s'insinuait partout. Les premières cigales avaient fait leur retour, ponctuant cette ambiance provençale de leurs stridulations entêtantes. Les longues journées laissaient le soleil courir longtemps dans l'azur, séchant partout les champs de blés qui commençaient à jaunir dans la plaine de l'Arc. Tous les buissons avaient déployé leurs nouvelles tiges couvertes de feuilles denses et bien vertes, et la nature semblait s'être habillée de neuf, comme pour accueillir les promeneurs de la nouvelle saison des vacances toutes proches. Je partais dès quatre heures dans le noir pour refaire cette route que j'aimais tant et qui me menait au pied de la montagne, sinuant entre vallons et lignes de rochers. Pour goûter aux plaisirs de la vie nocturne, je m'arrêtais peu après Puyloubier, au-dessus du domaine de Saint Ser, au pied des arbres noirs qui s'accrochent à la terre rouge, et je gravissais le flanc de la montagne sur le chemin en direction du Baou de l'Aigle. N'y voyant pas assez pour continuer mon ascension, je m'arrêtais à mi-chemin près de l'ermitage, le silence de la nuit m'impressionnait, il faisait à peine jour au ras du sol, au loin les premières lueurs de l'aube encore blanche arrivaient tout doucement, bleuissant l'horizon. Le ciel noir de la nuit était d'une clarté absolue, je voyais aux confins du monde les étoiles me faire des clins œil, j'avais comme le sentiment d'être à la fois seul et entouré d'une multitude de vies. La température estivale douce à cette heure portait à la rêverie, à la contemplation, et le léger souffle de l'air entre les collines faisait doucement frémir les feuilles des trembles, comme pour me parler des premières lumières qui allaient réveiller le monde. J'imaginais les maisons en bas, vibrant intérieurement d'une vie encore au ralenti, s'éveillant aux vapeurs des bols fumant d'un café bien noir qui allait réveiller toutes les énergies pour une longue journée. Au loin, au-dessus de la barre du Cengle, je regardais le noir du Sud se teinter de bleu au-dessus de Marseille, au-delà des monts du massif de l'Étoile, et plus à l'Ouest vers Aix, le ciel conservait encore sa noirceur comme un diamant pailleté de mille étoiles brillantes qui s'éteignaient une à une. J'étais complètement absorbé par cette profondeur de l'infini, je me plongeais dans cet univers lointain inconnu, oubliant les réalités d'ici, et comme dans une ivresse salutaire mon imagination flottait au milieu des étoiles. Absorbé dans mon observation des astres, j'en avais oublié de regarder le jour se lever, les premières lueurs blanches atteignaient les contreforts de la Sainte Baume et du mont Aurélien et arrivaient à caresser les roches du Cengle. J'apercevais sous ma droite la ferme d'Emilio, encore plongée dans l'ombre, une petite lumière jaunâtre traversait la petite fenêtre qui donnait sur sa cuisine au nord, il devait sûrement être réveillé à cette heure et se préparait pour d'abord faire un tour dans son jardin après un copieux petit déjeuner. Déjà six heures, le soleil balançait ses rayons dorés sur tout l'horizon, claironnant toute sa force pour une journée bien chaude. Tous les oiseaux de la création s'étaient maintenant réveillés, et depuis les bosquets jusqu'aux arbres les plus hauts, se répondaient en fanfare comme pour crier au monde qu'il était temps de s'activer. Je trouvais dans ces chants comme du réconfort, je percevais combien la vie pouvait être belle quand on voulait bien rester à son écoute. Cette promenade solitaire me faisait beaucoup de bien, elle me rattachait à cette terre, elle m'emportait dans des rêveries que je voulais partager. Je regardais les arbres comme s'ils étaient devenus familiers, ils me protégeaient du soleil trop fort et me mettaient à l'abri du mistral parfois, et c'est dans leurs cimes que les oiseaux aimaient à se poser et développer les notes harmoniques de leurs chants mélodieux. Il n'y avait rien de plus privilégié que de profiter de l'instant, et c'est justement ce que j'aurais aimé partager avec mes enfants comme Emilio allait bientôt le faire. Je n'avais plus envie d'aller tout en haut, cette marche au début du jour m'avait cassé les jambes et plutôt que de grimper plus loin vers le Baou de l'Aigle, j'optais pour une descente rapide avec retour vers la ferme d'Emilio.

Le jour se levait de plus en plus vite, les cailloux arrondis, issus des roches désagrégées de poudingue, roulaient sous mes pas, m'accompagnaient de leur bruit cascadant, sautant sur les pentes, s'arrêtant au long d'une trouée de terre, ou continuaient leur descente directe vers les herbes en contrebas. C'était jour de marché aujourd'hui, et je ne voulais pas manquer Emilio, un café fumant dans un grand bol me faisait envie, et je savais qu'il serait heureux de me voir, même à cette heure inhabituelle. Arrivé sur son chemin, je passais le portail en faisant du bruit, je ne voulais pas le surprendre. Il sortait juste de la maison, je suppose qu'il m'avait vu depuis la fenêtre de la cuisine. Il était encore avec ses pantoufles élimées, à peine venait-il de se raser, la chemise encore en dehors du pantalon. Sans sa canne, il boitait légèrement, il tenait à la main une tasse de boisson chaude encore toute fumante …

- Je suis en train de prendre mon petit déjeuner, si tu veux je t'en sers un bol, j'ai aussi fait un gâteau hier, il en reste une bonne part, allez viens, Je dois aller au marché, mais ça peut attendre et je ne suis pas prêt ! …

- Bravo, tu as tout deviné, j'avais envie de passer te voir, mais je n'ai pas osé t'appeler pour sortir aujourd'hui, je sais que tu n'es pas là le mercredi matin, le marché sur la place du village c'est sacré, surtout quand il fait beau …

- Ah oui, tu as raison, et en plus c'est pour acheter une nappe neuve, tu ne saurais pas d'ailleurs si je vais pouvoir en trouver une avec de grandes fleurs ou avec un motif avec des abeilles sur fond jaune ocre comme ça se fait par chez nous ? ... Je ne connais pas tous les marchands en bas au village, il y a tellement longtemps que je n'ai pas acheté autre chose que des produits frais ... Il se préparait avec tant de plaisir à cette venue que je me délectais de ses mimiques, et de ses habitudes de vieux garçon. Jamais je n'aurais pensé qu'il irait jusqu'à changer cette vieille nappe fleurie pour une neuve. Il avait pris son temps et rangeait quelques affaires dans ses placards quand je suis arrivé, il continuait comme si de rien n'était. J'avais remarqué qu'il avait posé un vase sur la table de la cuisine, un vase tout transparent comme le cristal avec des facettes ...

- Tu as vu j'ai retrouvé ce vase dans mes placards en faisant du ménage, il y avait un peu de poussière et il était rangé derrière les casseroles, je ne pensais pas qu'un jour je le ressortirais. C'est bien de l'avoir retrouvé maintenant, la belle saison arrive, et j'ai envie de faire plaisir à ma belle-fille, je suis sûr qu'elle aimera les fleurs que j'ai semées à la fin de l'hiver. Tout le jardin sera fleuri pour leur retour ici, elle pourra se faire de jolis bouquets, je sais que les femmes aiment beaucoup une maison fleurie, et qui sent bon ... Je m'amusais de ses réflexions, j'y percevais tout le bonheur de se préparer à une visite de personnes auxquelles on tient, et il avait toutes les bonnes raisons de se préparer à cet événement majeur, pour lui qui n'avait pas reçu de visite depuis si longtemps.

- Regarde comme le temps passe vite, déjà nous sommes arrivés à la mi-juin passée, les enfants arrivent dans moins de deux semaines désormais, il fait chaud déjà ! … Avec le temps qu'il fait je n'ai plus très envie de courir la montagne, peut-être aurons-nous le temps de faire quelques sorties, mais pas en pleine chaleur, je ne supporte plus, et pour tout te dire je me réserve un peu pour les enfants … Je lui répondais que je ne voulais surtout pas l'obliger, que moi aussi j'éviterais "le plein cagnard", nous n'avions plus l'âge d'attraper une insolation, et puis la montagne n'est pas aussi belle en pleine journée, il faut choisir ses heures. Il avait fini de se préparer, son envie d'aller au marché de Rousset était sa mission du jour, rien ne le dérouterait de son but.

- Bon je vois que tu es fin prêt, je vais te quitter ici, et je ne sais pas encore quand je reviendrais ! ...

- Si si, moi je sais dit-il plein de rires, tu vas venir me voir quand je t'appellerai ! Les enfants seront arrivés et je veux absolument te les présenter, tu es un peu de ma famille maintenant, et je suis sûr que Fausto appréciera que tu viennes, il sait déjà que nous faisons beaucoup de promenades ensemble, ça le rassure. Donc tu auras l'obligation de revenir, je suis certain qu'on passera de bons moments, en plus tu verras le petit Luciano, mon petit-fils, celui qui porte mon prénom en deuxième … Je prenais sa demande comme un grand compliment, et je ne savais pas que lui répondre, pris par une émotion que je ne voulais pas laisser voir. Emilio était comme je l'avais déjà dit, "un Monsieur", quelqu'un au coeur si généreux qu'il ne compte pas, qu'il ne mesure pas tout, ni les conséquences de ses actes car il fait ce qu'il décide, ni la portée de ses paroles car il parlait avec son coeur. Il était entier et vivait sa vie comme elle se présentait.

- Aller ! À la prochaine et surtout tu viens, tu n'auras aucune excuse de ne pas les rencontrer, ce sera un honneur pour moi. Je le quittais alors qu'il grimpait dans sa 2 CV, portant un panier en osier tressé qu'il avait d'abord posé sur le siège passager. Je regardais rapidement une fois de plus la montagne devant moi, le Pic des mouches se détachait sur le fond de ciel bleu azur, la roche calcaire se découpait en d'innombrables vagues de pierre, tantôt à la lumière vive du soleil plein Sud, tantôt dans l'ombre grise tachée de buissons verts qui grimpaient jusqu'en haut, et qui n'avaient pas encore été jaunis par les chaleurs de l'été. Il faisait si bon, que je regrettais de n'avoir pas poursuivi ma promenade, j'avais encore besoin de prendre un peu de ces grandes bouffées qui frôlent les cimes des arbres et qui embaument la montagne. L'air chaud m'enveloppait, j'avais une douce sensation de bien-être, je savais tout le bonheur qu'il y avait à vivre ici au milieu de la nature. Un dernier signe de la main, je reprenais le chemin du retour, laissant Emilio à ses occupations mercantiles du jour, je n'attendais plus que son prochain appel pour découvrir enfin ceux qui l'avaient tant changé, en si peu de temps.

Le jour d'avant ...

La première semaine de juillet était arrivée avec ses grandes vagues de chaleur. La semaine précédente avait été une semaine agitée par le sirocco venu d'Afrique du Nord, comme il y en a chaque année à cette époque. Cette fois il transportait tellement de sable du désert que le ciel était devenu presque jaune sous la couche nuageuse qui s'étirait depuis la Méditerranée jusqu'aux confins des terres de Provence, et peut être plus loin. Il faisait parler tout le monde, comme si c'était un événement capital, et pourtant vingt-quatre heures plus tard, le vent avait changé de direction et il ne restait plus que le ciel bleu. Cette semaine d'attente, je l'avais consacrée au jardinage et à une sortie en solitaire du côté de Beaurecueil. Je m'éloignais de la montagne pendant les grandes chaleurs, et je prenais du recul pour la voir sous des angles différents, pour apprécier sa place dans le paysage. J'avais beaucoup aimé cette route qui mène d'Aix en Provence jusqu'aux carrières de Bibémus. Bien évidemment je l'avais faite parce que je voulais une fois de plus m'imprégner des couleurs et des vues que les peintres chérissent tant, à l'image de ce que voyait Paul Cézanne. Je me rendais finalement compte que d'où que l'on voulait l'apercevoir, la montagne avait une place prépondérante dans la vie de la Provence, elle se laissait voir de tous les horizons, même depuis les hauteurs qui vont au Ventoux, à Manosque, et même jusqu'aux contreforts du Verdon, ou depuis les hauteurs de la Sainte Baume au Sud. Nous étions un vendredi après-midi quand mon téléphone me laissait ce message que j'attendais … "N'oublie pas de venir demain vers seize heures, on sera tous revenus de l'aéroport, je t'attends à la maison" signé Emilio. Il ne m'avait pas oublié ! …

Et il savait bien que je n'avais pas oublié moi non plus, il voulait s'assurer que je serai bien présent, pour enfin connaître son fils et sa petite famille. Je ne manquais pas de lui répondre pour le rassurer, et sous le ciel bleu je continuais ma promenade jusqu'au soir, attendant les belles lumières dorées qui allaient peindre le versant Ouest de la montagne que j'apercevais depuis un des chemins autour de la carrière. Le vent chaud de l'après-midi était tombé, le ciel avait pris des teintes douces et le calme autour de moi s'était mué en un presque silence plein du léger verbiage des feuilles qui s'agitaient encore un peu à la cime des arbres. Il y avait bien longtemps que je n'avais pas eu l'occasion d'attendre un tel événement, et cette attente alors que j'étais seul dans la campagne, me remplissait d'un bonheur simple, d'une quiétude remplie d'une joie certaine, rien qu'en imaginant le plaisir de mon ami Emilio. Cette impression était elle-même transcendée par la beauté de l'endroit, par les silences pleins de leurs propres bruissements, par la communication que je ne pouvais éviter avec les forces de la nature qui montaient partout autour de moi, me remplissant l'âme d'un sentiment impossible à dire, tout était dans le ressenti d'un absolu indéfinissable.

J'avais la certitude que dans cette dernière journée d'attente, il devait bouillir intérieurement. Je l'imaginais finir ses derniers préparatifs pour voir son jardin et sa maison propres et accueillants, il avait tant à coeur de ne pas décevoir ses enfants qu'il attendait depuis si longtemps. Il devait avoir tout mis en ordre comme il pensait bien faire, et il devait sûrement encore passer une dernière fois au poulailler pour ramasser les derniers œufs frais, je me rappelle qu'il m'avait dit vouloir leur faire une omelette aux morilles qu'il avait ramassées et fait sécher pour les occasions rares. Mentalement je partageais ses énervements, ses attentes, ses impatiences, il avait sûrement préparé sa chambre pour la laisser aux enfants, lui dormirait dans la petite chambre de dépannage qu'il avait derrière la cuisine, il ne se souciait pas de son propre confort.

Le goût des joies d'antan ...

Samedi … Quatorze heures, parti un peu en avance, je prenais la route de Puyloubier à Saint Antonin, je prenais le temps de faire une halte au-dessus de Pourrières sur la place haute, pour admirer le paysage de Sainte Victoire. Le ciel bleu laissait passer une lumière trop pointue, l'acier coupant de cette lueur inondait les contreforts de la montagne, la rendant trop blanche. Une luminosité brumeuse s'élevait tout autour des parois, il n'y avait rien à distinguer, rien de vraiment beau, je ne voyais pas ces belles lumières qui, à d'autres heures, me ravissaient. La chaleur de ce jour était rendue supportable avec les mouvements de l'air au ras du sol, on sentait en arrivant du côté de Puyloubier comme une douce fraîcheur circuler entre les grands platanes de la place, où l'eau de la fontaine moderne vibrait comme les vagues sur la mer, quelques petits nuages de poussières jaunes s'envolaient en tourbillons virevoltants et disparaissaient comme par enchantement. On entendait ici et là, les voix fortes des joueurs de boules qui se disputaient amicalement autour de celui qui avait fait le point, ou pas. Je ne me hâtais pas, la route me menait tranquillement depuis Le village vers la ferme d'Emilio et seize heures c'était seize heures. Mais tout en devant respecter ce qu'il m'avait dit, je préférais repousser un peu d'une bonne demi-heure ce rendez-vous attendu, afin qu'ils aient tous le temps de se retrouver et de prendre un peu leurs marques. La route fut plus courte qu'à l'habitude, j'étais aussi un peu fébrile à la pensée de cette rencontre, et je ne remarquais plus la montagne autour. En passant le portail grand ouvert, je voyais Emilio au fond du jardin, il montrait ses plantations à un petit garçon qu'il tenait par la main. Cette image instantanée restera gravée dans ma mémoire tant le bonheur d'un grand-père était visible, éclatant au chaud soleil de la Provence dans ce décor simple et si beau en même temps. Le soleil était encore haut à cette heure, je les voyais comme en contre-jour, deux ombres si attachées l'une à l'autre, liées par un véritable lien d'amour que je percevais alors que j'avançais sans discrétion sur le gravier du chemin. Emilio me fit un grand signe de la main, il disait quelques mots à l'enfant sans que je sache, mais il parlait de moi au petit, il avait un grand sourire sur le visage.

Je n'avais jamais vu Emilio comme cela, il s'était habillé de façon simple, mais élégante avec une chemise blanche toute neuve, il rayonnait de bonheur sous une nouvelle casquette qu'il avait certainement achetée au marché. Son sourire en disait long et plus je m'approchais, plus je ressentais sa joie, il avait pris le petit dans ses bras et venait me le présenter.

- Voilà mon petit Luciano dit-il, tu as vu comme il est beau … regarde il a le même sourire que son père quand il était petit quand nous sommes arrivés ici, tu te rappelles comme sur la photo que j'ai sortie de la boite en fer ! …

Jamais je n'oublierai cet instant de bonheur intense, nous n'avions que peu de mots à partager, il fallait digérer tous ces sentiments et surprises qui nous parvenaient au fil des secondes, j'avais l'impression de vivre un film en raccourci, où toutes les vies se condensent en quelques fractions de temps … Il posait l'enfant au sol, le laissait marcher devant lui et me guidait vers son fils et sa belle-fille.

- Je te présente Fausto, mon fils … il avait une larme au coin des yeux, il ne cachait plus toutes ses émotions … il y a si longtemps que je n'espérais plus le revoir et tu vois il est là, je t'en ai tellement parlé ! … il lui tendait les bras grands ouverts, puis le serrait contre lui, lui prenait timidement la main pour lui montrer toute sa joie, il le regardait comme si plus rien au monde ne pouvait l'atteindre dans ce moment. Un grand gaillard, plein de vie, aussi grand que son père, il avait le même regard gris, mais une forme de visage un peu différente qu'il avait héritée de sa mère …

- C'est un jeune homme plein de ressources, je suis fier de lui, dit Emilio …

Fausto me souriait, me saluait poliment, avec trois mots timides pour me dire qu'il était heureux d'être enfin revenu, et regardant son père avec un regard plein de tendresse, lui dit … C'est un grand jour ! Nous avons refait nos chemins dans le bon sens, c'est si bon de se sentir un peu chez soi, même quand on est parti depuis si longtemps ! …

- Tu as de la chance, lui dis-je, ton père est en pleine forme, et tu vas retrouver le plaisir de venir en Provence … Il se tournait vers sa femme, pendant qu'Emilio me présentait cette belle inconnue qui avait mis au monde son petit-fils … Et voilà Jenna, la maman de Luciano … Il la regardait avec beaucoup de tendresse, et laissant sa joie s'exprimer la prenait elle aussi dans ses bras, une jeune femme belle comme les blés mûrs, fière, se tenant droite et souriante à vous désarmer. Emilio, dans son rôle de patriarche, était vraiment fier d'avoir recomposé cette vie de famille qu'il croyait perdue. Tout à son bonheur, il nous invitait tous à nous asseoir pour fêter ces retrouvailles extraordinaires, et faire plus amples connaissances.

De mots en sourires, de souvenirs en blagues et bons mots, nous partagions un peu de tout ce passé qu'il m'avait dévoilé au fur et à mesure de nos promenades. J'apprenais au fil de la conversation que son fils était parti pour se reconstruire, il n'avait pas supporté la séparation de ses parents. Il me disait aussi qu'il avait réussi à faire sa vie aux États-Unis avec une famille unie qui le comblait, et que maintenant il était heureux de retrouver sa Provence, qu'il y reviendrait souvent désormais, parce que c'était un peu son port d'attache. Rapidement il me décrivait sa vie moderne d'expatrié, qu'il avait maintenant, sa double nationalité acquise avec le temps, et que le monde tournait si vite que plus rien n'était impossible.

- Bravo tu as fait un grand chemin dans ta vie de jeune, je suis admiratif, lui dis-je avec empressement, tant il me ramenait à mes propres enfants, à leurs certitudes et leur envie de vivre … Emilio me regardait d'un œil plein de lumière, il était simplement heureux … C'est ce que je disais à ton père il y a peu, le monde est merveilleux, beau, extraordinaire, mais on ne peut se détacher de ses points d'ancrage, le plus bel endroit est souvent celui de la famille, même si ce n'est pas le plus beau, il reste dans le cœur, et un jour on y revient. Il n'y a rien de plus vivifiant et rassurant que de se retrouver dans les lieux de ses propres souvenirs, on replonge dans les délices de l'enfance et là tu es en plein dedans, et ton père est toujours resté dans son paradis, il y vit à son rythme, il y a trouvé une forme de bonheur simple.

- Mon cher Emilio, je suis heureux que tu aies trouvé enfin la paix dans ce bonheur familial retrouvé, il était temps que la vie t'accorde enfin cette récompense. Je vais vous laisser à vos retrouvailles familiales, et encore merci de m'avoir fait connaître tes enfants !

Je saluais chacun tour à tour, puis serrant affectueusement Emilio dans mes bras, je lui promettais de vite revenir, après les vacances.

- La montagne est toujours là et après les congés de tes enfants, il sera toujours temps de retourner sur nos chemins avant la mauvaise saison, tu auras beaucoup à me raconter !

Quittant comme à regret cette belle réunion pleine de belles émotions, je me retirais doucement, et jetant encore un long regard sur la montagne en sortant, je m'arrêtais après le portail pour saluer toute cette belle famille. Gardant cette image d'Emilio serré près de ses enfants, je le saluais de loin une dernière fois. J'avais remarqué que tous les arbres avaient pris leurs plus beaux feuillages et resplendissaient sous le soleil de cette fin d'après-midi. L'herbe haute dans le champ en face, encore verte, vibrait doucement sous le léger vent de fin de soirée, les parois de la montagne avaient pris les douces couleurs dorées d'une fin de journée apaisante.

Les prochaines promenades promettaient déjà des temps forts intéressants en compagnie de mon ami Emilio ...